Mirta Yáñez

Selección, introducción y notas

Habaneras

E DITORES I NDEPENDIENTES
ERA, México/*LOM*, Chile/*TRILCE*, Uruguay
TXALAPARTA, País Vasco

Título: Habaneras
Selección, introducción y notas: Mirta Yáñez
Portada: Esteban Montorio

Edición
Editorial Txalaparta s.l.
Navaz y Vides 1-2
Apdo. 78
31300 Tafalla
NAFARROA
Tfno. 948 703 934
Fax 948 704 072
txalaparta@txalaparta.com
http://www.txalaparta.com
Primera edición de Txalaparta
Tafalla, octubre 2000
Copyright
© Txalaparta para la presente edición

Fotocomposición
arte 4c
Fotomecánica
arte 4c
Impresión
Gráficas Lizarra

I.S.B.N.
84-8136-172-0
Depósito Legal
NA. 1.817-00

Introducción
Desde el mágico jardín
Viaje a La Habana

Estábamos en el distrito de San Marcos, el jardín mágico de nuestra isla, y era durante las fiestas de Pascuas, cuando todo el mundo va allí a disfrutar juntos los placeres del campo y los de la ciudad. El paseo es a las doce. Los quitrines y los caballos se deslizan a través de las soberbias columnas de palmeras, ruedan sobre la arena roja y sembrada de azahar; corren por aquellos laberintos de vegetación colosal y de plantas parásitas, cuya asombrosa riqueza se presenta bajo todas las formas y bajo todos los colores

La Habana sigue siendo ese mágico jardín que dos siglos atrás vieran los ojos de la Condesa de Merlín, primera mujer narradora cubana que, con excepcional mirada, describió la ciudad de La Habana como ese lugar seductor, fascinante en su esplendor o en su ruina, para el viajero sorprendido o incluso para los habaneros sempiternos, ya vivamos en La Habana o en cualquier sitio del mundo.

Ya no se ven quitrines por las calles, pero persiste la magia de la vegetación, las augustas columnas y la presencia marina. Desde los tiempos de la Condesa de Merlín, la narrativa cubana escrita por mujeres ha tenido otro jardín célebre, el de la poetisa habanera, Dulce María Loynaz que volvió recurrente sobre el inexplicable hechizo de la ciudad, este jardín en el que no faltan las espinas y una que otra yerba mala, pero que sigue teniendo esa magia al caer la tarde cuando el aroma vegetal se mezcla al del omnipresente mar.

De La Habana viene la palabra *habano*, los tan celebrados tabacos o puros; también se acostumbraba a llamar *habanero* en México a un licor originario de La Habana, como *habaneras* dícese que eran llamadas las petacas para los fumadores argentinos, y habaneras son ciertas tonadas, y habaneras son las historias que se cuentan sobre la ciudad que en tiempos remotos fuera conocida como «La llave del golfo».

Fue aquella habanera, María de la Merced Santa Cruz y Motalvo (1789-1832), conocida como la condesa de Merlín, quien inauguró, hasta donde ha llegado a saberse, la prosa cubana escrita por mujer.[1]

Otra desafiante habanera, la Marquesa Justiz de Santa Ana (1733-1807) envió un Memorial al rey Carlos III de España como protesta por la rendición de las fuerzas militares ante la invasión inglesa a La Habana. Este documento político –redactado ¡en verso!, en la décima espinela, la que luego fuera la forma métrica predilecta de la poesía criolla– cierra una de sus sorprendentes estrofas con un apóstrofe fundador de una rebeldía social y que puede ser tomado en todos los sentidos (posmodernos) posibles: *si es delito la obediencia/que otras leyes se nos den.*[2]

Ante el nuevo siglo, la reclamación tan antigua del derecho a nuevas leyes hace sospechar que la tradición anda muy cerca de la modernidad. Para las escritoras cubanas de hoy siguen todavía vigentes la afirmación de la plena participación de la mujer, del asentamiento de su identidad, así como la definitiva extirpación de cualquier forma de marginación.

Pero ya la conciencia de la diferencia, de la existencia de una experiencia única de la mujer, de la artista y escritora que

---

1. Entre otros textos, la Condesa de Merlín publicó *La Havane* (París, Librairie d'Amyot, 1844) conocido en español como *Viaje a La Habana*.

2. *Dolorosa métrica expresión del sitio y entrega de La Havana, dirigida* a N. C. *Monarca el Señor Don Carlos III* (sic), Marquesa Justiz de Santa Ana, fragmento tomado de *Antología de la poesía cubana* (José Lezama Lima, Ed. Consejo Nacional de Cultura, La Habana, 1965, p. 158).

se propone revelar aspectos del mundo de manera propia, con conocimiento, sin cólera, ni sentimientos de inferioridad o de culpa, y contar la realidad o la fantasía sin cortapisas o linderos de «mundo exterior» y «mundo interior» es el trofeo de este siglo que ya termina.

Desde finales del siglo XIX habían comenzado en Cuba los movimientos a favor de la igualdad de la mujer. Las mujeres cubanas fundaron revistas y clubes, participaron de las luchas independentistas y de la vida pública y algunas de ellas, como la literata Aurelia del Castillo (1842-1920), se ocuparon generosamente de la labor intelectual de otras colegas escritoras, con una perspectiva muy avanzada para su época.[3]

En la literatura cubana, al igual que en otros lugares, las figuras de relevancia dentro de la narrativa femenina empezaron por aparecer aisladas,[4] mas su presencia, cada vez más cuantiosa y persistente, ha ido cubriendo un amplio registro de propuestas temáticas y estéticas. Desde la Condesa de Merlín y la Marquesa de Justiz de Santa Ana, y después la genial poetisa, dramaturga y novelista romántica Gertrudis Gómez de Avellaneda (1814-1873), las escritoras cubanas han ido configurando un corpus del discurso femenino dentro del proceso literario cubano.

En las primeras décadas de este siglo XX, existieron numerosos textos de cierto enfoque «feminista» o de defensa

---

3. El derecho al voto –exigido desde la temprana fecha de 1869 por la eximia cubana Ana Betancourt– se obtuvo finalmente en 1934. Después de 1959, se crea en 1960 la Federación de Mujeres Cubanas y se firman algunas leyes específicas como la Ley de la Maternidad (1974) y el Código de la Familia (1976).

4. En Cuba, de la misma manera que ha ocurrido en la literatura universal, las narradoras no han sido tan numerosas ni prolíficas como las poetisas. Por su parte, tampoco la crítica se libró del uso de la «escritora muestra» o «token»: en distintas etapas han puesto a la exhibición algún que otro nombre solitario para cumplir el trámite de su mínimo porcentaje de presencia en antologías y sucesos literarios. En 1996 se publicó en Cuba, por primera vez, un extenso panorama de la narrativa cubana escrita por mujeres, residentes dentro de la isla o en el extranjero: *Estatuas de sal. Cuentistas cubanas contemporáneas* (Mirta Yáñez y Marilyn Bobes, Ed. Unión, La Habana, 1996). Desde el siglo pasado, se usaban las colecciones de poetisas cubanas, la más notable de la segunda mitad del siglo XX es *Breaking the silence* (*Rompiendo el silencio*, Margaret Randall, Pulp Press Books, Canadá, 1982). En los últimos tiempos, al son de la fanfarria internacional, en Cuba también se ha puesto de moda el tema de las escritoras.

de la especificidad de la mujer, mas sus ineficacias formales y su leve trascendencia hace que apenas sirvan para armar la «arqueología» certificadora de la trayectoria literaria de la mujer. Al mismo tiempo, tres narradoras sobresalientes encabezan los censos, por así decirlo, de las principales tendencias: la brillante intelectual Lydia Cabrera (1900-1991, USA) dentro de la recreación de los mitos de la tradición afrocubana; dentro del «criollismo», Dora Alonso (1910), periodista también y escritora para niños; y dentro del ámbito fantástico, experimental y filosófico, Dulce María Loynaz (1902-1997), una de las más distinguidas autoras cubanas de este siglo, Premio Cervantes en 1992.[5]

Durante la segunda mitad de este siglo, la narrativa cubana se fue escindiendo drásticamente entre dos tendencias tradicionales, que de una manera básica se pudieran catalogar como «lo fantástico» y «lo real concreto», o bien, lo experimental y subjetivo en oposición a un realismo naturalista. De hecho, la antítesis no era nada novedosa, se mantenía dentro de la trayectoria de las décadas anteriores, e incluso a lo que estaba ocurriendo en la literatura continental latinoamericana. Lo nuevo es que el realismo aspiraba a asentar sus reales de manera exclusivista y convocó en su apoyo armamentos extraliterarios[6].

Durante las décadas del sesenta y setenta, esta tensión entre los conflictos del proceso social y la necesidad de proponer un arte «útil», trajo además como consecuencia la casi total exclusión de la voz narrativa[7]. La marginalidad de algunos grupos, textos y personas no vino dada por categorizacio-

---

5. Otras narradoras cubanas importantes de la primera mitad del siglo XX son Renée Méndez Capote (1901-1989), Ofelia Rodríguez Acosta (1902-1975), Loló de la Torriente (1906-1983), Aurora Villar Buceta (1907-1981), Loló Soldevilla (1911-1971), Iris Dávila (1918), Mary Cruz (1923) e Hilda Perera (1926), quien reside en USA.

6. Paralelamente a esta postura oficial, sucedieron hechos ajenos al mero acto de escribir, como el oportunismo para alcanzar posiciones, el tráfico de influencias, la intolerancia hacia los escritores homosexuales, el control de las actividades literarias en manos de un reducido número de personajillos, la clasificación de temas tabúes, la exclusión de nombres, las largas demoras e ineficacias editoriales, la emigración de escritores y, entre otros avatares que harían excesivo este aparte, las polémicas literarias y sus consecuencias.

nes estéticas o falta de madurez literaria como todavía quieren presentarlo algunos críticos, sino por la natural exclusión que provocaba la tendencia temática predominante del discurso llamado «duro» o de la violencia.

Aunque las narradoras compartían las mismas vicisitudes sociales de los hombres, la primacía casi exclusiva del plano épico que tenía su centro en la crónica de acción y la ruda vida masculina de cuartel situaban a la mayor parte de las escritoras al margen de una frontera imaginaria.

A partir de los años ochenta y todavía sin una conciencia clara del punto de vista de género,[8] las escritoras cubanas comenzaron a conjugar problemas colectivos con los particulares de su género femenino y –al igual que algunos de los mejores entre sus colegas masculinos– desmantelaron los extremos en conflicto, sin someterse por entero a la vieja solicitud de heroísmo y épica.

La obligación primaria de propasar la frontera de la marginalidad y la urgencia de romper con esquemas ajenos a la literatura, llevó a que las narradoras estuviesen entre los primeros en rebasar la visión maniqueísta y esforzarse en el empeño de una complejización de la representación imaginal. Entre las cuentistas, junto al «exteriorismo» –o lo que es igual, andar por la superficie sin penetrar en las honduras de los conflictos contemporáneos– propio de nuestra cuentística y los tópicos que se han reproducido con mayor o menor eficacia, se afirmó un discurso –a veces poético, a veces crudo– de recomposición de los valores y de las costumbres hasta

---

7. Basta con pasar revista a las antologías de aquellos años. Y según fueron pasando los tiempos: a los listados de jurados de narrativa, a los consejos de redacción de las revistas e instituciones literarias, a los catálogos de las diversas editoriales, a los diferentes textos críticos y ensayísticos, a las memorias de congresos, ferias del libro, y otros juegos florales por el estilo.

8. Dentro de los debates de la mujer en Cuba, apenas en fecha muy reciente los estudios profesionales han empezado a adoptar la perspectiva de género. Es justo indicar que el desolador horizonte ha mejorado bastante: existe ya una Cátedra de Estudios de la Mujer en la Universidad de la Habana, otra Cátedra de Estudios Literarios de la Mujer en la Academia de Ciencias, y la Casa de las Américas ha creado un Programa de Estudios de la Mujer dirigido por la académica Luisa Campuzano, amén de otros proyectos en camino como la creación de una colección de textos de y sobre las mujeres por parte de la editorial Oriente.

entonces dadas como inamovibles, con develaciones desacralizadoras del mundo, por ejemplo a la hora de hablar del cuerpo femenino (o masculino) y de las relaciones sexuales. Las narradoras en sus cuentos –desafiando las barreras de la frontera entre los géneros y de entre todas la peor, la autocensura– abordaron ya temas de los llamados «conflictivos»[9] como la marginalidad, los desajustes generacionales y la crítica a instituciones aceptadas o sagradas, entre ellas la del matrimonio.

Por estos tiempos, ha empezado a darse a conocer la literatura cubana escrita en el exilio por los autores que emigraron o que nacieron en otros países como Norteamérica, Puerto Rico y España. En el caso de las narradoras, la figura paradigmática es Lydia Cabrera. Otras autoras que se marcharon jóvenes no siguieron publicando, pero sus textos editados en Cuba pertenecen a ese legado que conforma el actual discurso femenino cubano. Han surgido nuevos nombres y también el fenómeno de escribir en una lengua intermedia, o llanamente en el idioma del país donde se han formado, en inglés.

La década de los noventa inicia una definitiva apertura hacia temas novedosos o aquellos excluidos de los inventarios. Lo esencial de esta etapa: los nuevos narradores –y algunos que recuperan su sendero después de algunas vacilaciones–, no tienen que buscar intencionalmente un lenguaje popular o probar a toda costa que son «cosmopolitas».

El interés de la cuentística más reciente se ha ido dirigiendo hacia el mundo interior de los personajes y las complejas relaciones de la familia, se recupera el escenario de la ciudad en rechazo al criollismo dominante en las décadas anteriores, se acometen temas «conflictivos» como los jóvenes marginales, el homosexualismo, la droga, la criminalidad, la emigración y otros fenómenos de la difícil vida de la sociedad cubana de hoy. Hay buenas dosis de crítica, existencialismo, de humor negro, de absurdo y de erotismo, entre otras vulneraciones de las normas anteriores.

---

9. Esta palabra pertenece al lenguaje cubano, alude no sólo a lo controversial o polémico, sino a lo que se sale de la norma, a lo que busca problemas, a lo nada ortodoxo, a lo que rompe con lo convencional.

En la actualidad, las escritoras finiseculares cubanas componen cuatro generaciones en activo, con sus complejidades y diversidades en su perspectiva racial, formativa, religiosa, ideológica, sexual, de sitio de vida e incluso ya de lengua. En esta antología, el lector podrá encontrar en diez autoras una representación del discurso femenino cubano actual. Algunas comienzan a escribir en los años sesenta, otras en los difíciles años setenta, otras en los noventa. La casi totalidad de los cuentos aquí presentados se escribieron en fechas muy recientes.

Esther Díaz Llanillo (1934) y María Elena Llana (1936) son de las autoras que irrumpieron en la década del sesenta con una visión del entorno desde el absurdo y la alucinante irrealidad; Rosa Ileana Bouded (1947), Mirta Yáñez (1947), Marilyn Bobes (1955) y Aida Bahr (1958) tienen una extensa bibliografía, premios, un consolidado quehacer en el campo de las letras y, además de la narrativa, se ocupan de otros géneros como la poesía y el ensayo; Nancy Alonso (1949) y Adelaida Fernández de Juan (1961) con profesiones alejadas de la literatura y Ana Luz García Calzada (1944) de la distante provincia de Guantánamo, han publicado sus primeros textos apenas en fechas recientes, pero ya dueñas de una madurez estilística; por último, Sonia Rivera-Valdés (1936) reside en New York y mira desde la otra orilla.[10]

El resguardo de la identidad como cubanas, vinculado a la defensa de la perspectiva del género femenino, proyecta

---

10. En el panorama crítico *Estatuas de sal* (ob. cit.) además de las aquí seleccionadas o mencionadas, se acumulan cuentos de: Marta Rojas (1930), Lourdes Casal (1938-1981)*, Omega Agüero (1940), Evora Tamayo (1940)*, Josefina Toledo (1941), Olga Fernández (1943)*, Ana María Simo (1943)*, Uva de Aragón (1944)*, Nora Macía (1944), Excilia Saldaña (1946-1999), Enid Vian (1948), Josefina Diego (1950), Mayra Montero (1952)*, Achy Obejas (1955)*, Ruth Behar (1956)*, Gina Picart (1956), Chely Lima (1957), Zoe Valdés (1959)*, Mylene Fernández Pintado (1966), Verónica Pérez Kónina (1968)* y Ena Lucía Portela (1972). (El asterisco indica su residencia fuera de Cuba).

En *Cubana* (Mirta Yáñez, Beacon Press, USA, 1998), además de las aquí mentadas, aparece también Magaly Sánchez (1940). De la promoción más joven, y que ya suele catalogarse como «la generación de los años noventa», están Ana Lidia Vega, Karla Suárez, Aymara Aymerich, Manelic Ramos, Rita Martín, Elena García Mora, Karina Mendoza y Elena Palacios, entre otras.

En estudios sobre la narrativa femenina de América Latina se mencio-

cualidades que ya se pueden proponer como comunes y distintivos, como la voluntad de estilo y el logro de una síntesis entre la memoria intimista y el registro testimonial, objetividad y subjetividad, con cierto toque de melodramatismo muy a «lo cubano». El rasgo más relevante de las narradoras cubanas de hoy (presente en las diez cuentistas de esta antología) es nuestro *especial* realismo: un realismo que las cuentistas cubanas han conformado ampliando el rango de la cotidianidad, sumando a la vida corriente el absurdo, la magia, lo sobrenatural, el humor, la fantasía, el disparate. Atrás, como telón de fondo, está el escenario político, la sociedad, las ideas. Al frente, los protagonistas con sus «luchitas».[11]

La Habana, entretanto y a pesar de todos los embates, sigue siendo un jardín. A veces es el jardín que solemos llamar *real*, con esa vegetación que crece en verano y en invierno, en tiempos de seca y aun después de haber pasado la tormenta, bajo el cuidado o gracias al abandono. En otras ocasiones es el jardín de la nostalgia, del ensueño, de la niñez de ayer, de la distancia, el jardín de todo lo perdido o de todo por encontrar, mas, inevitablemente, siempre con mágica exuberancia.

Mirta Yáñez
La Habana 1999

---

nan algunas escritoras cubanas que han alcanzado renombre fuera de Cuba, después de larga estancia en otros países, como Julieta Campos y Aralia López González en México y Nivaria Tejera en Francia. Y también Cristina García y Daína Chaviano en USA.

En mi función de antologadora a veces debo lamentar ausencias por limitaciones de accesibilidad, conocimiento, derechos de autor o espacio. De igual modo, la ciencia-ficción, la literatura para niños, y otras manifestaciones prosísticas como la literatura policial, no caben por el momento.

11. Término casi intraducible, pues hace referencia a casi todo lo que incluya la conducta, el pensamiento y las vivencias de los cubanos finiseculares.

Clemencia
bajo el sol

Evangelina de las Mercedes Concepción de Los Montes y Carvajal, razón por la cual me dicen Cuqui. No me atormente, señor, déjeme decirlo todo a mi manera. Sí, yo maté, aunque mi intención no era tanta, a Mireya la querida de Reyes. El día usted lo sabe y la hora también. A Reyes lo conozco desde hace quince años; lo sé con exactitud porque ésa es la edad de Volodia, el hijo que tuvo con Ekaterina, la rusa. ¿Que eso no importa? Usted verá que sí. Ya estoy condenada, déjeme hablar, hablar hasta por los codos y las rodillas, que buena falta me hace.

Reyes y Ekaterina vinieron a vivir en el cuarto de al lado cuando él terminó de estudiar en Rusia. Sí, en aquel entonces se decía Unión Soviética, pero como mi tío, el que me crió, aquel calvo que está en el último banco, siempre dijo Rusia, pues así digo yo cuando no estoy con mi hijo Miguel, porque a él no le gusta así. ¿Mi hijo? Catorce años, uno menos que Volodia. Sí, él sabe que yo maté a Mireya, y está un poco atemorizado, aunque en el fondo sé que está orgulloso de mí. Soy soltera, señor, y tengo compromisos en plural no sólo con hombres, que eso es lo de menos, sino con otras personas y sobre todo con varias cosas que supongo que llamen ideas, no sé mucho del lenguaje.

Le decía que Reyes y Ekaterina eran mis vecinos. Le seré franca. La primera vez que la vi, a Ekaterina, me pareció insoportable, estirada, era una rusa de la cabeza a los pies, tan blanca que dejaba pasar el sol por sus ojos, con el pelo rubio medio enredado, y era delgada como una caña tierna, y para colmo venía preñada. Parecía un fideo con un nudo en el centro.

Lucía orgullosa, respingada, y entró en el pasillo sin saludar, hasta molesta cuando Reyes empezó a repartir besos y abrazos. Imagínese, usted sabe cómo somos nosotros, por más que le pese, usted también debe ser así. La curiosidad puede más que la decencia, y en cuanto tuve oportunidad me metí en el cuarto de Reyes. Eso fue a la semana de haber llegado ellos. Desde que me asomé (con el plato de arroz con leche en la mano, para disimular) sentí ese olor a nuevo, a tienda, que tienen los cuartos cuando se visten por primera vez. Sí, porque Reyes y Ekaterina trajeron todo de Rusia, parece que para hacerse la idea de que seguirían viviendo allá. Figúrese usted, con tanta bulla, tanto calor y tantas moscas, ¿cómo iban a lograrlo? Pero bueno, de eso se encargó el tiempo. Ella se puso de pie cuando me vio, a la defensiva, como hacen las gallinas cuando una perra olfatea la jaula, pero yo le extendí el plato y sonreía, con mis veintiséis años de mulata, y ella me dejó pasar.

¿Que eso no tiene relación con la occisa? ¿Qué occisa? ¡Ah, la muerta! Pero, por favor, déjeme hablar, claro que tiene relación mi historia con esa puta que maté sin querer. Tenga paciencia, ya me declaré culpable, escúcheme y que todos me oigan también, a ver si de alguna manera nos limpiamos un poco.

Ekaterina no sabía ni papa de español, me di cuenta aquel día. Quería darme las gracias, y no podía. Yo puse el dulce encima de la mesa, y le tomé las manos. Cuqui, dije yo, ¿y tú? Estaba desesperada, pobrecita, entonces puse su mano encima de mi pecho y repetí: Cuqui. Así varias veces, hasta que ella, porque era muy inteligente la muy cabrona, se dio cuenta y dijo: Cuqui. Luego hice lo mismo con mi mano en su pecho, diciendo Ekaterina, Ekaterina.

¿Reyes? No, hijo, Reyes estaba en el trabajo, si llega a estar allí, no habríamos logrado ni una palabra. Ustedes los hombres son tan torpes que lo complican todo y lo echan a perder. Busqué una cuchara y le di a probar el arroz con leche, que oígame, difícil que la mujer de usted lo haga como yo, con cascarita de naranja dulce y canela molida por encima, sin que se ensope el arroz, y con la leche... perdón, ahora sí me parece que me desvié un poco. ¿Es que sabe usted? fue así como Ekaterina aprendió español. Yo le iba diciendo arroz, señalándolo, leche, azúcar, cogiendo los granitos con los dedos, vaya, como se dice, de forma audiovisual, y mientras tanto la barriga de Ekaterina creciendo.

Todavía mi hijo Miguel no existía, así que yo tenía tiempo de sobra. Mi tío salía desde temprano para la tabaquería, y yo iba a la bodega a comprar mis cosas y las de Ekaterina, luego cargaba agua para las dos, y al mediodía empezábamos las clases.

¿Que por qué lo hacía? ¿Será usted bruto, con perdón, o es la estupidez propia de los hombres? Para mí era una diversión inmensa, me hacía la idea de estar viajando, tenga en cuenta que yo no he salido más allá del túnel de La Habana. Ella me iba diciendo poco a poco su historia, a medida que agarraba las palabras que yo le daba. Un día extendió un mapa enorme encima de la cama y me fue señalando dónde nació, dónde estudió, el lugar en que conoció a Reyes. Decía: Gusta mucho, Rey. Ella le decía Rey, y se ponía una corona de aire en la cabeza. Claro que entendía. Para ella era como un rey. Yo le dije: No, Ekaterina, todos los hombres ser cabrones, ser diablos. No sé por qué le hablaba así, como los indios de los muñequitos. El caso fue que nos acostumbramos a estar juntas. Yo comí por primera vez en su casa sopa de remolacha, col y yogur, ella me explicó que se llamaba *borsch*, y oígame, los cubos de té que me daba eran imponentes.

No, yo nunca le presenté a Osvaldo, el padre de mi hijo, ni él tiene nada que ver con este asunto. Es más, no voy a decir sus apellidos ni su dirección, él es casado, y aunque es el hombre que más me ha gustado en esta vida (y he tenido unos cuantos) tiene la cobardía natural que yo me conozco de ustedes; no creo que soporte una sola pregunta. En aquellos días Osvaldo iba mucho a mi cuarto, y en un descuido mío quedé embarazada. Cuando me di cuenta ya era tarde, y no me arrepiento, Virgen Santa, Miguel es lo mejor y casi lo único que tengo en esta vida.

¡Cuqui, venir, venir! fue como Ekaterina gritó cuando se puso de parto. Reyes estaba para las minas y no llegaba hasta dos días después. Pasé las de Caín ayudándola a bajar la escalera de caracol de la cuartería, y en la calle no había ni un gato. Al fin capturé a un policía en moto que nos hizo el favor de llevarnos al hospital. Volodia nació flaco y transparente como su madre, y si usted la hubiera visto, llorando y diciéndome: *spasiva*, Cuqui, *spasiva*. Bueno, aquello fue del carajo. Dice mi tío que eso se llama el alma rusa, pero yo creo que era algo más.

Me encargué de hablarle en español a Volodia; Ekaterina y Reyes sólo hablaban en ruso, y figúrese, ese angelito tenía que aprender de mí, y buenísimo que resultó cuando creció. Como a los ocho meses de nacer Volodia, llegó el día de mis dolores de parto.

Le pedí a Ekaterina que cuidara a mi tío, que yo iba sola al hospital. Miguel fue un tronco desde el primer día, tragón, grande y hermoso como su padre. ¿Y sabe usted una cosa? La única visita que tuve fue la de Ekaterina. Llegó bajo la lluvia, y cuando la vi, ensopada hasta los talones, con un termo de té y un pozuelo de arroz con leche, no sabía si echarme a reír o a llorar. ¿Quién ha visto a una rusa haciendo dulces criollos?

Nuestros hijos crecieron juntos, con decirle que Miguel tiene delirio con el té, y Volodia, Dios mediante, debe seguir enviciado con el café carretero que yo hago.

A Mireya la vi por primera vez en el cuarto de Reyes y Ekaterina, hará cosa de cinco años. Reyes la llevó allí porque, según dijo, era una famosa alergista y quería que viera a Volodia, por la tos del niño. Me dio mala espina desde que la vi. Llamé aparte a Ekaterina y le dije: No es buena, no la dejes entrar en el cuarto. ¿Por qué, Cuqui? Haz lo que te digo, rusa, y no preguntes tanto. El caso fue que Mireya empezó a visitarlos todas las semanas, y hasta llegó a preguntarme si yo aceptaba que ella le pusiera tratamiento a Miguel, que de vez en cuando tosía por la noche. No, señor, siempre supe que los niños tosen en La Habana Vieja por el polvo de las paredes, eso se les quita cuando crecen, yo sí la espanté rápidamente, y un buen día dejó de ir por allá.

Ekaterina consiguió trabajo como traductora. Eran los años en que el ruso estaba de moda. Llevaba los escritos para el cuarto y en una máquina de escribir de ésas del tiempo de Ñañá Seré, pasaba horas y horas traduciendo.Yo me encargaba de llevar los niños a la escuela, y de todo lo demás. ¿Yo? ¿De qué yo vivo? De lo que gana mi tío, de las visitas de Osvaldo, y de vender arroz con leche. No es mucho, pero me las arreglo, señor, y Ekaterina me ayudó mucho, muchísimo. También vivo de la ilusión de lo que he leído, a mí no me apena decir que he leído a los rusos.

Todo empezó cuando ella consiguió libros traducidos para ayudarse en su trabajo, y me animó a leerlos. Yo le advertí que no resultaría, que yo no llegaba ni al final de los periódicos, pero ella insistió tanto, que empecé. Óigame, yo creía que los hombres rusos eran toscos y brutos como los osos, con los dedos cuadrados y los muslos fofos de no usarlos como es debido, hasta que leí *Ana Karenina*. ¡Válgame Dios! Eso sí que es una novela, no las de la televisión. ¿Y qué me dice de Chejov? Era el preferido de ella. Me acuerdo que siempre que terminaba *La dama del perrito* se echaba a llorar. El alma rusa, decía mi tío, pero yo creo que era ella misma la que lloraba, no el alma.

Las cosas que habían comprado se fueron destiñendo en el cuarto, y ella se ponía furiosa con cada cucharón de madera que se partía, con los relojes en forma de llave del Kremlin que se detenían, cansados para siempre, oxidados por el salitre, y sobre todo cuando se despegó la foto inmensa de la catedral de San Basilio, que los niños usaron para papalotes.

A mí todo eso me pareció natural, siempre le dije que las cosas rusas eran una mierda, pero comprendía su dolor, y déjeme decirle, a mí también me daba pena. Estábamos tan acostumbrados a los relojes de pulsera que pesaban una tonelada y a los zapatones que parecían de ladrillo, que cuando de pronto desaparecieron, no sabíamos qué hacer. ¿Y qué me dice de la carne enlatada? No, no voy a bajar la voz, yo no tengo pelos en la lengua ni horchata en las venas, mucha hambre que matamos con la carne rusa y con las manzanas de pomo. Es verdad que sabían a rayo encendido, pero ¿ahora qué? Ahora ni trueno ni rayo ni la madre que los parió.

Pobre Ekaterina. No eran sólo sus cosas las que se desmoronaban. Reyes empezó a hablar en voz alta, y a gritar también, en ruso siempre, y Volodia, angelito, salía corriendo y se metía en mi cuarto. No fueron pocas las noches en que durmió con Miguel. Yo me quedaba muy preocupada, pero al día siguiente Ekaterina seguía tecleando y Reyes volvía a las minas, a veces por toda una semana.

Uno de esos días, mientras yo vendía mi arroz con leche en el parque, vi a Mireya. Me preguntó primero por Miguel, luego por Volodia, y al fin por Reyes: que si yo sabía algo de él. ¿Para qué lo buscas? dije yo. Para saludarlo, nada más. Eso dijo, y entonces supe que se había acostado con él. Recogí mis cantinas y me fui.

Tuve por primera vez la seguridad de que todo se acababa. Yo también preguntaba por Osvaldo cuando se me perdía más de la cuenta. No, no es igual, no se vaya a creer que Mireya y yo tenemos algo en común por estar con hombres casados.

Mira que se lo dije a Ekaterina: ¡Muchacha, deja esa bobera de hablar en ruso todo el tiempo con Reyes!, cuando te acuestes con él tienes que decirle Papi riquísimo, me vuelves loca. Ella se reía y se reía y se ruborizaba como una niña; no me hizo caso, y mire, ahí tiene el resultado.

Hace más de un año que fue por última vez a mi cuarto. A mí me extrañó verla tan tarde, con el último vestido ruso que le quedaba y que sólo se ponía cuando iba a entregar las traducciones en el Palacio de las Convenciones.

No sabía cómo decirme que se iba. Empezó por recordar el primer arroz con leche que le llevé, el día que nació Volodia, los fines de año que festejamos juntas, abrazando a los niños por el frío. ¿Es que vas a escribir tus memorias o qué diablos te pasa? Que me voy, y que me llevo a Volodia, y que no vuelvo más, y que apenas puedo aguantar los deseos de llorar, y con la misma se me echó al cuello, con una fuerza, que óigame, yo le digo a usted, que no nos caímos por puro milagro.

No despierte a Miguel, no puedo despedirme de él. Luego tú le explicas. Y ya se iba corriendo por la escalera de caracol, cuando yo, todavía asombradísima, le caí atrás, y le grité: ¡Oye, Ekaterina! ¿Te hace falta algo? ¿Te puedo ayudar? Sí, me gritó, suerte, deséame suerte, Cuqui. Y se largó. El llanto de Volodia todavía lo tengo clavado aquí, en el mismísimo centro del pecho, y el recuerdo de su carita de angustia a través del cristal del taxi todavía me despierta por la noche.

Todo lo ruso se fue. Yo ya estoy cansada de lo que viene y se va. Se puede ser fuerte, pero existe un límite; no hay que exagerar. Ya ve, yo también lloro, y eso que no tengo el alma rusa que dice mi tío.

¿Cómo? Sí, señor, ya estoy terminando. No habían pasado ni tres meses cuando Mireya llegó y se instaló en el cuarto de Reyes, con el desparpajo de una mujer que está de vuelta de todo. Empezó por hacer una limpieza general, y fue sacando uno a uno los muebles para el pasillo, y los restregaba con un cepillo así de grande, y tiraba agua y más agua, pero qué va, el olor de Ekaterina y de Volodia estaba allí todavía, y a una le parecía que en cualquier momento iban a aparecer por detrás de la puerta pidiendo café acabado de colar.

Mireya lo sabía, y estaba desquiciada con la tiradera de agua, que ya era por las paredes y ventanas, hasta por el techo, que también cogió su ramalazo de jabón. Yo soporté todo aquello en silencio, me repetí muchas veces que no era asunto mío, más me dolía la tristeza de Miguel que la alegría de Reyes, pero usted comprenderá que no era fácil.

Reyes cambió mucho. Yo creo que del trabajo lo botaron porque siempre estaba allí con ella, ayudando a renovar el cuarto. Me llamó la atención cuando empecé a verlos con bultos y maletas saliendo y entrando, pero traté de tranquilizar mi encabronamiento repitiéndome que no era problema mío. Pues resulta que estaban vendiéndolo todo, y por dólares, fíjese usted, yo lo supe varias semanas después cuando estaba en mi sitio del parque con mi cazuela de arroz con leche, y los vi, tres bancos más allá, exponiendo las cosas sobre el césped, como si fueran gitanos. La gente se detenía y cogía cada objeto para examinarlo y a mí se me estrujaba el corazón reconociendo desde lejos los primeros zapaticos de Volodia, la bata de maternidad de Ekaterina, el velocípedo en que rodó mi hijo Miguel, el juego de cazuelas esmaltadas con flores rojas... ¡Hasta las *matrioshkas* estaban allí en hilera, de mayor a menor, como las ponía Ekaterina encima del televisor! Y yo allí, viendo cómo se evaporaban los recuerdos, una parte de mi vida. Para serle franca, fue allí, en el parque donde nació la idea de golpear a Mireya. A Reyes también, pero me acordé de Ekaterina poniéndose la corona, y lo dejé pasar. Tarde o temprano Ekaterina se iba a enterar de todo, y sé que no me perdonaría si yo destimbalo al desgraciado ese, que bien vistas las cosas es hasta más culpable que Mireya.

El cucharón con que sirvo el arroz con leche, regalo de mi tío, pesa más que el carajo. Esa mañana llegué al parque bien temprano. Yo nunca me fijo en el sol ni las nubes, pero ese día sí, qué curioso, ¿verdad? Había un cielo azul claro, clarísimo, tan claro que se parecía a los ojos de Ekaterina, y yo no sé por qué le sonreí al viento, plenamente satisfecha.

Le di tres golpes en la cabeza, con toda la fuerza que tienen mis brazos de mujer. Yo sé que usted no me va a creer, pero no estaba en mis planes matarla, lo único que quería era castigarla como se merecía la muy puta. ¿Qué dice? No, no me arrepiento. ¿Qué quiere que le diga? Mire, si algo tengo que lamentar, es que la sangre de la puñetera esa salpicara tan irremediablemente los libros de Tolstoi y de Chejov que estaban, tirados en la hierba, como esperando clemencia bajo el sol.

El gran golpe

Fue aquella tormentosa noche de septiembre cuando decidimos dar el gran golpe. Sería en el nuevo supermercado cerca de nuestra casa. Era un edificio moderno, con sus mostradores relucientes y sus vitrinas colmadas de laterías diseñadas en atractivos colores que parecían decir «¡Cómprame!» al que pasaba por su lado. Pero lo cierto era que no teníamos dinero para adquirir las mercancías, ni esperanza de tenerlo por el momento, así que decidimos dar el gran golpe y abastecernos.

A las diez de la noche sólo habría en el recinto dos vigilantes nocturnos que, según se sabía, estarían viendo la televisión en el sótano, así que nosotros entraríamos libremente por la puerta principal; lo cual en efecto hicimos gracias a los conocimientos de mi esposo que durante muchos años había sido cerrajero.

Todo estaba oscuro, salvo la habitual lucecita en el pasillo central. Afuera el ruido furioso del viento, golpeando con impotencia las paredes, nos ayudaba con su total complicidad. Avanzamos con cuidado hacia los frigoríficos del fondo, yo, con mi abrigo largo de grandes bolsillos y mis *jabas* de comprar comestibles; mi esposo, con dos sacos. Sin problemas abrimos el primer frigorífico, pero nos detuvimos: los vigilantes hablaban allá abajo, mas después encendieron el televisor. Ya no podían oírnos.

Con ansiedad miramos el futuro botín: salchichas, jamón, queso, embutidos varios... todo se metió en el saco, salvo el jamón y el queso que eran mi especialidad y fueron a parar a mis jabas. Y qué hermoso salchichón me enrosqué alrededor del cuello disimulándolo debajo de mi bufanda.

De pronto, como inspirados por un soplo divino, nos sentamos en el piso y empezamos a comer. Allá iban apetitosas lascas de jamón y queso, salchichas y jamonada. Un hambre imperiosa e infinita nos tenía atrapados en su magia.

Decidimos, pues, asaltar el otro refrigerador. Éste era viejo, descascarado y de un color oscuro. Realmente no hacía juego con el estilo del moderno edificio, y su puerta, recia y oxidada, nos ofreció resistencia, por lo cual mi marido tuvo que forzarla. Al abrirla, ella se quejó con un fuerte gemido gutural de alma en pena que temimos pudiera ser escuchado por los guardias.

Nos detuvimos un momento aterrorizados. Sólo llegaban hasta nosotros el ruido de la batalla campal que se desarrollaba en la televisión y el estruendo combativo de la tormenta allá afuera. Sintiéndonos a salvo, decidimos mirar dentro del viejo frigorífico. ¡Plátanos manzanos! ¡Cientos de plátanos manzanos redondos, chiquitos, apetitosos! En fin, nos comimos el postre.

De pronto, sentimos en nuestros pies la humedad de algo que rodaba lenta y pastosamente bajo ellos. El frigorífico se descongelaba soltando aquella mezcla extraña de agua y aceite, o petróleo o... Cada vez se hacía más densa y cambiaba su apariencia, tanto que más bien parecía una espesa y sangrienta marea salpicada de... ¡frijoles colorados!

Era una descongelación infinita que rodaba ya escaleras abajo rumbo a los vigilantes amenazando con inundar el sótano. Una marea delatora y absurda. Había que salir de allí, había que huir antes de que ellos se dieran cuenta del robo.

Cayó un terrible rayo, el estruendo profundo se confundió con el chapoteo que se abalanzaba sobre los vigilantes. En un momento éstos se volvieron tapándose el rostro con las manos para no ser salpicados, sin poder levantar aún las cabezas, con el mortal presagio de perecer ahogados en el extraño fango.

Corrimos hacia la puerta de salida antes de que nos vieran, pero ésta estaba cerrada. ¡Oh, Dios, estaba cerrada! Los guardias ya se acercaban, nos habían visto, y ¡la puerta no se abría!

Se escuchó el retumbar de un trueno al final de la calle, el eco constante de su ruido parecía propagarse por todas las esquinas, una luz nos cegó a través de los cristales y, en ese instante, logramos despertarnos.

Afuera llovía copiosamente, una estruendosa tormenta sembrada de luces, detonaciones y espanto desarrollaba su guerra tenebrosa del otro lado de la ventana. Ambos, estábamos intuitivamente seguros, habíamos soñado lo mismo. De pronto, sentimos aquello: algo nos estaba desgarrando, algo espantoso que tiraba hacia dentro de nuestros vientres y formaba copiosas burbujas de aire en su interior; después, se nos clavó un cuchillo tras el diafragma. Fue un dolor tremendo que nos hizo ponernos de pie al unísono y, sin pronunciar palabra, echamos a correr por el pasillo.

La terrible oscuridad de la noche lo hacía todo más difícil, pero al fin llegamos a la cocina y mi esposo abrió, sin tener que forzarlo, el quejumbroso y despintado refrigerador. Desde una de sus parrillas, libre, sola y esperándonos, nos miraba la sangrienta olla de los frijoles colorados.

Cortado en dos

A la memoria de mis abuelos
Para Connie

Están tocando a la puerta, qué pasillo más largo, tanto calor en diciembre, cuánta escandalera la de estos perros ladrando a quién sabe qué. No tuvo que cerrar los ojos para sobreimponerse la imagen de la helada ladera en el terruño gallego, apenas un rato silenciosa cuando los lobos dejaban de quejarse por el hambre durante aquel invierno tan duro. La niñita que entonces ella era, envuelta en la pelliza, las manos cuarteadas por el frío, los lamparones ásperos y despellejados, empuñando a pesar de todo la cubeta de leche recién ordeñada de la vaca *Canela*. Por cuánto pudiera tener una vaca aquí, en el patio. ¡Barcos a la vela y armas al hombro! Los cuatro perros arremolinados junto a sus piernas achacosas, casi no la dejaban avanzar por el comedor, lleno de muebles modernos. Mira que son incómodos. Y encima de todo esa mesa de *pleivu*, una desgracia divina. Ya vuelven a llamar a la puerta. ¿Seguiría en pie el establo después de sesenta, válgame Dios, setenta años? Oyó los pájaros revoloteando por el cielo raso, nidos de gorriones y cagaditas en las paredes, su hogar desde que vino a esta tierra. Calorosa y bullanguera como demonio, lo mejor que tiene. ¿No era ésta toda su casa? Y aquella otra. Del portalón y la habitación única para los dieciocho hermanos. Sonaba ahora el timbre eléctrico. Ese ruido le caía como una patada en ya se sabe dónde. Aún se detuvo un rato más en el salón. Cuenta, uno, dos, tres, todavía completos los tres vitrales enmarcados en el cristal mostaza de las ventanas: allí los peces de color amarillo, o morado, o azul, sobre un fondo azul más oscuro, tan diferente al mar espeso y negro de la travesía con las cabezotas metálicas de los submarinos alemanes rondando muy cerca, los dieciocho hermanos apiñados en torno a una cesta con queso y pan negro, nadie se mareaba aunque el peligro acechaba de tantas formas, ¿qué les esperaría a los viajeros en aquel *nuevo mundo dio Colón*?, luego otro paisaje marino, esta vez un barquito de velas avituallado por cordelajes y el cuerpo de navegación coloreado con ese tono encarnado tan singular e irrepetible, no hay otro sitio como La Habana para encontrarse ese rojo cuando lo atraviesa una ráfaga de sol por las mañanitas; el tercer diseño presentaba una escena rural, éste era el favorito, sí señor, con las montañas, el río que serpenteaba a lo lejos, las cinco palmas muy derechas, un bohío y el restallante pájaro rojo en pleno vuelo, la pincelada de amaranto que no podía faltar, ay, si parece que se mueve. ¡Riiiiiiiiing!

Cuando al fin se abre la puerta, la muchacha parada en el portal no sabe qué hacer. Detrás de la anciana (y sus cuatro perros) cree adivinar una lámpara de bronce, gigantesca, con aquellos arabescos que, desde lejos, seguían recordando cabezas de serpientes. De sus ocho bombillos apenas quedaban encendidos ahora tres, pero iluminaban lo suficiente el salón húmedo, fresco, con olor a cuero, a madera dulzona por la encerrazón. Contrastaba su penumbra hospitalaria con el quemante mediodía de la calle. La muchacha reconoció, con un ramalazo de angustia, los anquilosados sillones de damasco, allí seguro aún las quemaduras del tabaco de abuelo, las mesitas japonesas, el televisor Philco del año cincuenta y tres con su cajón sombrío y pasado de moda, el cuadro de la ninfa y sus angelotes en el trance de colocarle la corona de azahar, el mantón sevillano claveteado en la pared del fondo y, faltaba más, los tres vitrales, todavía enteros, con aquel pájaro rojo en pleno vuelo, todo ahora en tamaño encogido, dentro de aquella atmósfera ecléctica y corriente del salón de la abuela.

Hasta ese momento había estado convencida de que el único recuerdo sobre su tierra era una interminable caminata bajo el sol (ese sol redondo y amarillo como de tarjeta postal); el anuncio desmesurado de la cerveza en la valla del aeropuerto con la espuma dorada desbordándose de la copa, la mirada casi lasciva del hombre que afirmaba en un globito salido de la boca empañada por el último sorbo: *Esto es Cuba, Chaguito*; el asfalto que parecía derretirse bajo sus zapaticos blancos (los de salir) hasta llegar a la escalinata del artefacto volador, más grande que el anuncio, mami, qué miedo me da. Oh, mira que durante tanto tiempo se tragó el cuento del solitario perrito chino que se despedía una y otra vez con tristeza, cada vez que su madre le cantaba la canción para que se durmiera pronto en las noches congeladas del primer apartamento de New Jersey, ese maldito frío.

La anciana dijo varias frases y la muchacha pensó que le estaba hablando también en chino:

–Bernal no regresa hasta las dos. Ya se lo expliqué a la ideológica. Pero no te preocupes que él llega a tiempo para preparar el círculo.

La muchacha titubeó. Bernal era el hijo de tío Antonio. Tenía borrosa la cara del tío Antonio que pasaba solo su vida de viudo en las afueras de Miami. ¡Pero Bernal! Bernal pelado a la malanguita, con unos espejuelos sudados que se le rodaban hasta la punta de la nariz, trepado siempre en la mata de mangos del patio, para regalarle después uno de aquellos frutos amarillos y jugosos que ella recordaba con un corrientazo de electricidad en la nuca.

–Bueno –dijo la muchacha–. Vuelvo más tarde.

Quién se iba a atrever. De qué manera iba a decirle: Mire para eso, abuela, yo soy Rosie, la nieta de afuera. La del Norte. Aquella que se fue chiquitica, cuando sus padres y sus tíos, es decir, todos sus hijos, abuela, también se fueron. Ésta que habla un español demasiado correcto, sin comerse las *eses* ni los finales de palabra. Usted, abuela, está igualita. ¿Y yo? ¿Le recuerdo en algo a su nieta? La niña que robaba mangos con el primo Bernal. Ni manera. Así que Rosie dio media vuelta y cruzó hacia el parque de enfrente. Dios mío, qué cambiado y qué parecido estaba todo. Allí no seguía ya el puesto de fritas que tanto le arrebataba, los cartuchos de a peseta con las frituritas de calabaza, mariquitas de plátano, chicharrones de viento. Ni el anuncio lumínico de TOME ME-

JORAL. Ni el vendedor de billetes en la esquina, ni la carretilla con frutas y viandas. De todo eso se podía encontrar a montones en *La Sagüesera*; pero, qué va. No era lo mismo. Rosie, de pie, en medio del parque, con su pesado maletín colgándole al hombro, dedica una mirada a la avenida que baja a la izquierda, el cuchillo con la casona de la abuela, la panadería y el edificio del policlínico. Le parecen las cosas tan descoloridas, los baches de la calle, sólo en La Habana, que ella supiera, se podían encontrar esos baches cavernícolas, los automóviles del cuarenta todavía rodando, Ave María. Entonces, a qué viene esta euforia. Esas ganas de ponerse a brincar con el tropel de chiquillos que correteaban por el parque. ¡Por su parque! Se sentó de través en uno de los bancos de mármol. Esa posición le permitía observar la casona de la abuela, con las ventanas de vitrales (los peces, el barquito y el pájaro rojo) y la mata de mangos del patio, que empinaba su copa por encima del techo. Dime tú: en plena ciudad semejante árbol, una banda de perros y gatos de todos los pelajes habidos y por haber, los gorrioncitos que anidaban en el encofrado del salón. Y seguramente palomas, sí, palomas. Con esas mismas que abuela cocinaba sus sopas en caso de que a ella o a Bernal les doliera el estómago. ¿No serían acaso aquellas que estaban posadas en el parque las descendientes de las antaño sacrificadas al caldo calientico preparado por la abuela? Los cachetes le arden como si tuviera muy alta la temperatura. Rosie se pone la palma de la mano sobre la frente. Seguro que está volada en fiebre. ¿Gripe? ¿Los nervios? Inesperadamente acude a la planta de sus pies una sensación granulosa. Mueve los dedos tratando de recordar: el caldo de paloma hirviendo, la sábana bordada que la cubre hasta la barbilla en la cuna de nogal barnizado y en los pies unos escarpines enormes, llenos de borra de café. Pero no es verdad ahora, tan sólo la sensación que sobrevive veinte años. Aquellos hervores infantiles (treintinueve grados, oh, está pasada, cuarenta grados) que la abuela confiaba contener con la borra quemante de café, almacenada en unas medias blancas que se iban tiñendo lentamente de color marrón sobre los piececitos, la niña en la cuna delirando, la mirada lejana y asustada de Bernal, la frente ardiendo como ahora. Lo de los pies, mentira, una ilusión provocada por las palomas y la visión de las manos de la abuela, suaves, algo rojizas y llenas de arrugas, las mismas que palpaban su frente afiebrada veinte años atrás. Miró el maletín a su lado y pensó inopinadamente en las tres maletas desbordadas que dejara en la habitación del hotel. La madre se había empeñado en rellenarlas hasta los topes. ¿Qué diría Bernal? ¿Qué pensaría Bernal de su prima Rosie? ¿Se acordaría también de las tardecitas trepados en la mata de mangos leyendo muñequitos de Lulú y Tobi? Ahora ella conocía a muchas niñas como Lulú. ¿Pero cómo sería hoy el primo Bernal? Cuando el tío Antonio decidió «que se había muerto para siempre», con la frase melodramática que lo condenaba al ostracismo familiar, todo por haberse quedado con la abuela, nadie, allá, llegó a saber nada de Bernal. Aunque en las fotos que subrepticiamente mandaba por correo la abuela, se veía la misma mirada compasiva y tímida, los lentes caídos, la semejante sonrisa cálida que ostentaba en la puerta de la habitación las veces que Rosie volaba en fiebre. Como ahora mismo.

Volvió a sonar la puerta.

Cuando la anciana abrió de nuevo, la muchacha aguardaba otra vez en el umbral. Tenía un aire enfermizo y la frente llena de sudor. Las mejillas aparecían encendidas como si hubiera corrido ladera abajo por la montaña. A la vaca *Canela* le gustaba esconderse y costaba tanto trabajo dar con ella. También los colores se le subían a la niña pastora en el amanecer nevado. Ahora este calor.

–Ah, ah, pasa y siéntate. Qué cara traes. ¿Quieres tomar café? Está acabado de colar. Qué solera hace, ¿no es verdad? Lo mejor que puede pasarle a cualquiera. La frialdad es lo último. Yo no soporto el frío. Cuando era chiquilla se me pelaban las manos. ¿Quién traía la leche si yo no iba? Cada cual hacía lo suyo. No te conté que el frío más grande lo pasé esa vez que se incendió el granero del señor marqués. Yo acababa de tener el tifus. Mamá me cuidaba tanto las trenzas larguísimas, y luego casi me quedo sin pelo. Se quemaba el granero, te decía eso. Y la candelada llegaba hasta mi casa. ¡A correr se ha dicho! Yo tenía todavía las piernas muy débiles y no podía ni caminar. Primero salvaron a la vaca *Canela* y después mi hermano mayor me llevó cargada hasta el lindero del bosque. Y allí me dejó. Un frío de puñeta, mi niñina. El señor marqués se paró a mi lado, de casualidad, y puede ser que le diera lástima el temblor que yo estaba pasando y me echó arriba el capote de su caballo. Gracias a los cielos. Mi ropón se había llenado todo de hielitos, la cabeza rapada. ¡Metía miedo! No molesten a la muchacha –la abuela regañó a los perros con un movimiento de la mano, de arriba abajo, como sacudiéndose un líquido invisible, gesto campesino, secular, le pareció a Rosie. Luego empezó a servir el café desde una jarra de porcelana con flores azules y rosadas, muy descascarada en los bordes. Hubo un silencio espinoso. La abuela lo rompió:

–Seguro que tú eres periodista.

Rosie contestó enseguida que sí. ¿Por comodidad? ¿O por qué diablos?

–Todos los amigos de Bernal estudian periodismo. Se pasan la santa vida pregunta que te pregunta. Y tú tan callada. ¿No quieres preguntar algo?

Qué clase de lío. Rosie tenía un sinfín de preguntas por hacerle a la abuela. Pero así, francamente, no se le ocurría nada de nada. Mira los vitrales y cuenta, uno, dos, tres, maravilla que todavía estén completos, el pájaro rojo en pleno vuelo, se diría que se mueve. La abuela espera que diga algo. ¡Me cacho en la mar salada! Rosie abrió la boca y tragó una bocanada de aire: sin anuncio de ningún tipo le había llegado, desde qué socavón del subconsciente, aquella vieja expresión de fastidio del abuelo. El abuelo ibérico, de legítima cepa, el abuelo del tabaco habano y el sombrero de yarey, que se quitaba solamente para bañarse (aunque a Rosie no le constaba); el abuelo aplatanado, aunque seguía bailando la jota el día de nochebuena, guardaba lejos del alcance de los nietos la reproducción en madera preciosa del hórreo, pronunciaba tercamente unas *eses* sonoras, espesas. Otra imagen de sopetón: su entierro en un cementerio arbolado, la abuela sollozando muy bajo, tapada la mitad de la cara por un pañuelito de encajes hecho a mano, de pie junto a una descomunal losa abierta, Bernal le toma la mano a la niña. Rosie estaba azoradísima, pero la abuela no parecía notarlo. Preguntar algo por salir del paso.

–¿Así que no le gusta el frío?

–En mi pueblo, donde nací, había mucha nieve. Todavía debe de haber. Mi casa estaba a orillas de un río que ya ni me acuerdo cómo se llama. En el invierno todo se congelaba y era muy bonito. Uno de mis primos se durmió en la nieve y no lo vimos más.

La abuela quedó pensativa y habló de algo que no venía a cuento:

—En la montaña yo tenía una amiguita, una vecina que me acompañaba a cuidar las ovejas. Si los lobos se acercaban, ella cogía una lata y metía mucho ruido con una rama seca, mientras yo corría reuniendo al rebaño. A veces, cuando me quedo dormida, sueño con ella. No le veo la cara, no recuerdo cómo era su voz, ni siquiera pudiera decirte su nombre, pero sé que es ella. Al verano siguiente vine para acá y nunca más regresé —la abuela se inclinó hacia Rosie y le dijo en un murmullo:

—¿Me trajiste *sorbetos*?

Rosie dijo que no, y sin saber por qué sintió mucha vergüenza. Le volvieron a la memoria las tres maletas abarrotadas de cosas (¿inútiles?), donde no traía ni siquiera uno de esos misteriosos *sorbetos* que reclamaba la abuela. Rosie desvió la vista hacia el pasillo, mira que es largo, y distinguió, a través de la puerta trasera, el tronco de la mata de mangos donde Bernal y Rosario (cuando ella todavía se llamaba Rosario, Charito para la abuela) se trepaban a robar frutos dorados, eternos. ¿No era ésta toda su casa? Y aquella otra.

—Pero, abuela —la palabra se le escapó, aunque a nadie pareció extrañarle, la voz de Rosie era chillona, familiar, desgarrada—. Dígame, ¿usted no extraña?

—¡Has visto qué calor está haciendo en diciembre! Bernal también prefiere el calor —la abuela hizo una pausa—. ¿Te gustan los dibujos de los vitrales? Las montañas son iguales en todas partes, pero mira ese pájaro rojo, no hay otro como él. Siempre está volando. Mi tierra aquella y esta otra también es la mía —la abuela se hundió en el sillón de damasco como si dormitara, y luego dijo:

—Un pedacito allá y otro aquí. El corazón queda cortado en dos.

Rosie sintió que la mentira y toda aquella historia de la entrevista periodística pesaban demasiado. La frente le ardía como si también hubiera cerca un granero ardiendo en medio del invierno. Volvió a tragar un buche de aire y dijo por segunda vez en la tarde: Abuela. Entonces la puerta de la calle se abrió y entró Bernal. Caballeros, ése tenía que ser Bernal.

nancy alonso
1949

Falsos profetas

Addis Abeba, 27 de septiembre, 1989

Querida Rebeca:

Al fin estoy en África y todavía me parece mentira que me encuentre a miles de kilómetros de Cuba. Llegamos el 24 (buen augurio por lo del día de Las Mercedes) luego de un montón de peripecias por Europa, incluyendo discusiones con funcionarios de Cuba-Técnica, aviones demorados, falta de visas y excesos de equipajes que no podíamos pagar. En Alemania conversé con un español que me dijo que los cubanos éramos unos corajudos (por no utilizar otra palabra) atravesando medio mundo sin una peseta en el bolsillo.

Aún estamos en la capital, esperando que venga a recogernos una guagua desde Jimma, el pueblito adonde vamos a dar clases. Si esto que me rodea es, como dicen, lo mejor de Etiopía, no quiero ver el resto. Resulta difícil, Rebeca, describir tanta miseria. Me he acordado mucho de ti desde el momento en que pisé tierra africana. Tú tenías razón cuando me reprochaste la compra de aquel equipo de música. Con tanta hambre en el mundo y yo gastando un dineral en algo tan superfluo. El día en que discutimos el asunto, yo estaba muy ofuscada y te acusé de esquemática. Hoy me avergüenzo de

35

haber comprado el equipo cuando siento el dolor de esta gente rozando mi piel. Confío en tu capacidad de perdón y en que, como siempre, me ayudes a tratar de ser mejor. Mucho he aprendido contigo en todos estos años de amistad y sé que todavía puedes enseñarme muchas cosas más.

No dejes de escribirme enseguida. La dirección va en el sobre y recuerda poner «Cooperante Internacionalista» porque así llega más rápido. Cariños a tu mamá. Para ti un fuerte abrazo de

Naty

❖ ❖ ❖

La Habana, 5 de noviembre de 1989

Querida Natalia:

Me dio tremenda alegría recibir tu carta. Lo único malo fue la demora de más de un mes. Te respondo con la esperanza de que para allá sea más rápida la entrega, aunque la distancia sea la misma.

No esperaba que me pidieras disculpas por aquella polémica en relación con tu equipo de música. Ya olvidé la bronca y lo que me dijiste. Lo importante es que no te dejes ganar por la superficialidad. Tu estancia en África te va a servir de mucho y vas a regresar fortalecida ideológicamente.

Por acá, te contaré que se avecinan dificultades como resultado del «rebumbio» armado en Europa del Este. Pero ya tú sabes, aquí resistiremos sin flaquear.

Sigo trabajando en los proyectos de las casas-consultorio para los médicos de la familia en La Habana Vieja. Pasear por esas calles me hace recordarte cuando me decías que te gustaba vivir ahí para ser «histórica» como esta parte de nuestra ciudad.

Dice mamá que te cuides mucho de las fieras africanas y de las enfermedades. Todo el cariño de

Rebeca

❖ ❖ ❖

Jimma, 25 de noviembre de 1989

Mi querida Rebeca:

Recibí tu carta mucho más rápido de lo que hubiera podido suponer. Menos mal, porque aquí la correspondencia es como el agua de beber. ¿Te das cuenta, Rebeca, de que estamos unidos a Cuba por las cartas y por un hilo telefónico que a veces ni funciona?

Siento alivio al saber que no me guardas rencor. Bueno, de cualquier manera el equipo de música suena bien y te invito a escucharlo cuando nos volvamos a encontrar en La Habana. Te aseguro que no muerde ni va a transmitirte ninguna enfermedad «consumista». A ti es difícil que te entren esos virus.

Me va bien en las clases con los muchachos. El único problema es el idioma, pero como ellos tampoco hablan bien el inglés, terminamos haciéndonos señas cuando no encontramos la palabra exacta. El lenguaje de la mímica es universal.

Dile a tu mamá que aquí las únicas fieras son algunos de mis compañeros de brigada, con secretas intenciones. En serio, aquí no hay animales peligrosos excepto las hienas, y las pobres están tan depauperadas (como todo en este país) que ni ánimo tienen de atacar. Por otra parte, la única enfermedad que padezco es la nostalgia y ésa sólo se cura cruzando el Atlántico de vuelta.

Bueno, aquí termino. Quiero que esta carta salga en la valija de mañana. Escríbeme pronto. Un abrazo,

Naty

❖ ❖ ❖

Jimma, 25 de diciembre de 1989.

Querida Rebeca:

Te envío esta postal de felicitación por el año nuevo. No he recibido respuesta de mi carta anterior, pero creo que aún no hay tiempo para que haya llegado. No olvides que necesito tener noticias de allá. Cuéntame de ti y de la ciudad. ¡Feliz década! ¡Feliz 1990! Te quiere siempre,

Naty

❖ ❖ ❖

La Habana, 10 de febrero de 1990

Naty querida:

No tengo disculpa alguna por este silencio de tanto tiempo sin escribirte. Te cuento que he tenido un trabajo tremendo, mamá estuvo un poco fastidiada con la presión alta y la situación del país está cada vez peor. Se empieza a notar la escasez en los mercados, no «escampa» con lo de los apagones, y de las guaguas ni hablar. A veces pierdo dos horas en llegar al trabajo, el triple del tiempo que invertía el año pasado. Temo por ti, pues, cuando regreses, este país puede estar tan cambiado que te va a costar esfuerzo la readaptación. De todas formas, no me cabe la menor duda de que la gente como nosotras va a soportar cualquier cosa con tal de mantener los principios.

A mamá le encantó la postal que enviaste. ¿Son tan lindos los etíopes como los que aparecen ahí? Ella te manda muchos cariños. Yo, por mi parte, te envío el mío.

Rebeca

❖ ❖ ❖

Jimma, 21 de marzo de 1990

Rebeca:

¡Al fin una carta tuya! Creí que te habías olvidado de mí o que te pasaba algo.

No tienes por qué preocuparte en cuanto a mi readaptación. Con tal de estar allá con ustedes, ni siquiera me importaría mucho estar «apachurrada» en una guagua, y comer chícharos mañana, tarde y noche. Ya son casi seis meses de ausencia y extraño mucho a la familia, «la ciudad, los amigos y el mar», como dice la canción. Sería injusta si me quejara de los etíopes quienes, entre paréntesis, son gente linda por dentro y por fuera (con sus excepciones por supuesto, como en todas partes). Aunque aquí nos adoran y quisieran que nos quedáramos eternamente, yo pertenezco al Caribe.

Por lo demás, a lo que sí no me puedo adaptar, ni me adaptaré nunca, es a las injusticias, a la pobreza, a la desvalidez de los niños, a la guerra, situaciones con las que me he visto obligada a convivir desde que llegué. Y lo peor es que soy una simple observadora. No tengo el derecho, ni se me permite asumir el deber, de injerencia. A lo único que estoy autorizada es a paliar un poco el sufrimiento de esta gente a través de la educación de un grupo de muchachos que más tarde deberá ayudar a los suyos, pero hasta ahí nada más. ¡Cómo sufrirías tú con estos niños deambulando por las calles! Famélicos, hechos unos viejecitos en miniatura, piden dinero a todo el que pasa a su lado, en particular a los extranjeros, para comprar un bocado de comida. A ti, Rebeca, seguro no te iba a alcanzar el dinero del estipendio para darles regalos a esos pobres infelices. En el centro del pueblo hay uno en particular que me destroza el corazón. Es un niño contrahecho, inválido, con las extremidades muy flaquitas y la cabeza muy grande. Cada vez que me ve me grita: «¡Mother!», para que yo le regale unos centavos. Algunos dicen que la familia lo utiliza como un animal de circo para obtener dinero. No sé si eso es verdad, pero de cualquier forma se trata de un desgraciado que necesita ayuda.

No dejes pasar tanto tiempo sin escribirme aunque sea unas líneas, por favor. Un besote para ti y otro para la vieja.

Naty

❖ ❖ ❖

Jimma, 14 de abril de 1990.

Mi querida Rebeca:

Dentro de un par de semanas es tu cumpleaños y ojalá esta carta llegara a tiempo para felicitarte en tu aniversario cuarenta. El mío lo celebré aquí tomando cervezas con unos amigos de la brigada.

Hace mucho que no tengo noticias tuyas. El otro día recibí carta de mi casa donde se quejan de que no vas por allá, y me cuentan que alguien les dijo que estás preparando un viaje a México por asuntos de trabajo. No supieron decirme por cuánto tiempo, ni cuándo es que te vas. La noticia me ha dado mucha alegría, pues yo sé lo que significa para ti ese país desde el punto de vista profesional. Dicen que Ciudad México es muy bella y estoy segura de que la disfrutarás mucho en tu condición de arquitecta. Te imagino también sufriendo por los niños callejeros y las diferencias sociales que te encontrarás por allá. Aunque te resulte duro aceptar ese costado feo de la realidad que has de vivir (si es que finalmente haces el viaje), te pido que aprendas las reglas de un juego en el que apenas puedes participar, y trates de disfrutar la cultura tan rica de ese pueblo. Eso es lo que yo trato de hacer en Etiopía.

Ya casi estamos acabando el curso y en menos de tres meses voy a Cuba de vacaciones. En septiembre tenemos que estar de vuelta en Jimma para iniciar la segunda parte de esta historia.

¡Que pases un feliz «cumple»! Un abrazo de

Naty

❖ ❖ ❖

La Habana, 10 de junio de 1990

Mi nunca olvidada Natalia:

No sé con qué cara voy a escribirte después de tanto tiempo sin hacerlo. Te juro que no se trata de negligencia de mi parte, y mucho menos de olvido. El problema ha sido la preparación del viaje a México. Ni idea tienes del papeleo que he tenido que llenar para entregar en el ministerio y en la embajada. Finalmente, si no se atraviesa nada por el camino, todo parece indicar que me voy a principios de julio y estaré por allá cerca de tres meses. Se trata de una beca tramitada por la Universidad Autónoma y que me permitirá estudiar algunas de las tendencias arquitectónicas actuales. En Cuba, como tú sabes, muchas veces la calidad se descuidó por la cantidad; y eso, en lo que se refiere a las construcciones, nos atrasó mucho con respesto a otros países del área.

Lamento no verte cuando vengas de vacaciones. Tendremos que esperar hasta el año que viene. Cuídate. Resiste hasta el final. Te quiere,

Rebeca

PD. No dejes de pasar a ver a mamá cuando estés en Cuba. A ella le preocupa quedarse sola, pero yo le digo que tres meses los pasa cualquier sapo debajo de una piedra. Vale.

❖ ❖ ❖

Jimma, 19 de septiembre de 1990

Querida Rebeca:

¡Qué pena no habernos visto en La Habana! Estuve varias veces en tu casa conversando con tu mamá y me enseñó algunas fotos que le has mandado. Se te notan las libritas, pero no te preocupes que en cuanto llegues a Cuba y «choques» con la realidad, las vas a perder.

Como ya sabrás, tu mamá estuvo con la presión alta y a mí me parece que los nervios la están traicionando. Se sentía sola, con mucho miedo a que le pasara algo de noche sin tener a quién llamar, y eso la angustiaba al punto de subirle la presión. La tranquilicé cuanto pude (con el argumento que tú misma me diste del sapo y la piedra), pero la vieja está contando los días para tu regreso como yo aquí, contándolos para el retorno definitivo.

¿Recuerdas el niño del que te hablé hace tiempo en una carta? Cuando me vio a mi regreso de las vacaciones, me gritó como nunca y creo haber visto en sus ojos una lucecita de alegría por algo más que por las moneditas que le regalé. Sé que lo voy a extrañar allá en Cuba. Esto no tiene fin, Rebeca, porque ya he ido dejando tantos pedazos míos en esta tierra, que me va a resultar imposible olvidarla.

No me olvides tú, bandolera, y cuéntame de México. Te abraza,

Naty

❖ ❖ ❖

La Habana, 16 de noviembre de 1990

Naty querida:

No te había escrito antes porque regresé de México hace apenas quince días. La estancia allá se prolongó tres semanas más de lo previsto porque los mexicanos me pidieron colaboración en unos proyectos y no iba a desaprovechar la oportunidad.

Ciudad México me fascinó, con todo y su *smog*. Si hubiese sido por mí, me hubiera intoxicado un poco más, pero tenía que regresar por el trabajo y por la vieja que ya estaba muy

41

ansiosa. Mamá te agradece mucho tu preocupación, sobre todo por el tiempo que dedicaste de tus vacaciones para estar junto a ella. Y yo me sumo a su agradecimiento.

La situación aquí sigue empeorando y ya estamos entrando en el denominado «Período Especial», del que seguro habrás oído hablar durante tus vacaciones. Lo más malo es la falta de combustible. Para mí fue notorio el cambio del país en los meses de ausencia. Ya veremos cómo salimos de esto.

Anoche estuve en la celebración del cumpleaños de La Habana. A las doce de la noche le di las tres vueltas a la Ceiba del Templete y, siguiendo la tradición, pedí un deseo. No te lo puedo contar hasta ver si se me da. Ruega por mí ante los dioses africanos (¡ésos sí son de verdad!) para que me concedan mi petición.

No olvides que no te olvida,

Rebeca

❖ ❖ ❖

Jimma, 15 de diciembre de 1990

Querida Rebeca:

Al recibir tu carta me sentí muy contenta. Pero esta vez me alegré no sólo por el hecho de tener noticias tuyas, sino porque me tranquiliza que ya estés de vuelta, al lado de tu madre, y te haya ido tan bien en tu estancia en México.

Tu carta, además, me sacó un poco de un estado de ánimo bastante *down*. La guerra civil de aquí se recrudece y esta zona del sudoeste, hasta ahora tranquila, lo está dejando de ser. La situación límite en que vivimos los cubanos de la misión nos saca a veces lo peor (aunque por suerte a veces también lo mejor) y afloran egoísmos y bajezas. Yo me refugio en mi trabajo, con mis alumnos, pero la barrera idiomática y cultural impide una compenetración mayor. Me conformo entonces con disfrutar del esplendor de la naturaleza de este país: voy al río Guibe, un afluente del Nilo Azul, y me dejo llevar por la imaginación hasta las famosas cataratas; llego hasta el lago de los hipopótamos y disfruto de estos raros animales; escalo una montaña cercana y contemplo el *com-*

pound donde vivimos, que desde allá arriba es apenas un puntico en la majestuosidad del altiplano. Pero es triste, Rebeca, hacemos el cuento de lo felices que somos ante la maravilla de una puesta de sol (las de aquí son inenarrables) o del canto de los pajaritos, cuando en realidad necesitamos el calor humano. Hoy mismo cumple años un entrañable amigo y nada sustituye el abrazo que quisiera darle en estos momentos. También me compenso leyendo *Juan Cristóbal*, el único libro que cargué conmigo, aparte de los de mi especialidad.

No puedo complacerte en eso que me pides de los santos africanos, a causa de mi ateísmo furibundo. Lo de las vueltas a la Ceiba tal vez te dé mejores resultados. Espero que me hagas saber de qué se trata y no me mantengas en esta intriga.

Dile a la vieja que se prepare, que el próximo año me tiene allá tomándole el café. Reciban este fin de año el abrazo fuerte, bien fuerte de

Naty

❖ ❖ ❖

Jimma, 24 de enero de 1991

Mi querida Rebeca:

Te escribo sólo unas líneas para acusar el *no recibo* de tus cartas y para enviarte esta linda foto que me tiré con mis estudiantes el día del examen de fin de semestre. Por la foto, nadie pudiera decir que estos muchachos están a punto de ser enviados al frente de guerra. ¡Qué horror toda esta matanza entre hermanos!

Como puedes apreciar, Rebeca, los jóvenes son iguales en cualquier lugar del mundo, no importa la latitud: míralos qué jodedores, se pusieron en poses extravagantes para llamar la atención. ¿No se te parece a aquella foto que nos tomamos en el grupo cuando nos graduamos del pre?

Aunque no me escribas, yo te sigo queriendo.

Naty

❖ ❖ ❖

La Habana, 27 de febrero de 1991

Querida Naty:

No sé cómo me las arreglo para estar siempre en deuda contigo en este asunto de las cartas. Tú estarás pensando pestes de mí y tienes razón si estás disgustada. Paso a explicarte el porqué de la demora.

No sé si recuerdas lo del deseo pedido a la Ceiba. Pues parece que al fin me lo han concedido. Resulta que cuando estuve en México surgió la posibilidad de una estancia allá por lo menos de tres años, con unas condiciones de trabajo excelentes para mí. El inconveniente para aceptar esta propuesta ya sabes cuál es. Hablé con mamá y he logrado convencerla de los beneficios de este viaje, incluido el poder mandarle cosas desde allá y mejorarle un poco la vida. Además, le hice comprender que esto no es sólo un sacrificio para ella, sino para mí también, que voy a estar lejos de la casa y de los míos. Tú sabes lo que quiero decir porque lo estás viviendo en carne propia.

Ahora estoy enredada de nuevo en el lío de los papeles. Si todo marcha bien, vuelvo a principios de abril para México. Deséame suerte, mira que la voy a necesitar mucho. De veras no te olvido.

Rebeca

❖ ❖ ❖

La Habana, 15 de julio de 1991

Querida Rebeca:

Estoy en Cuba desde mediados del mes de abril. Nos evacuaron cuando la guerra se extendió por todo el país y estaba a punto de caer Addis Abeba. Mengistu abandonó Etiopía poco después que nosotros y se dice que es el hombre más rico de África. Sin comentarios.

No te había escrito antes porque todavía no he regresado por completo. Todo fue demasiado rápido y terrible como para sobreponerme fácilmente.

A cada rato paso a ver a tu mamá y ella me ha dado noticias tuyas. Sé que te sientes bien, aunque extrañas mucho. Según me cuenta tu vieja, estás loca por volver para acá. Ella te extraña también y, para serte sincera, no estoy muy segura

44

de que prefiera las cositas que le mandas a cambio de esta separación. Pero tú sabrás lo que haces, siempre lo has sabido. Yo estoy demasiado mal de la cabeza como para discernir entre agravantes y atenuantes.

Escríbeme para que me cuentes de ti. Te abraza,

Naty

❖ ❖ ❖

Ciudad México, 5 de noviembre de 1991

Mi querida Naty:

Me alegró mucho saber que regresaste sana y salva de tus aventuras africanas. Por fin se acabó para ti ese infierno. Ya todo pertenece al pasado y se te irá pasando el malestar.

Como sabes, me va bien en el orden profesional, pero trabajando mucho. Aquí no es nada fácil ganarse la vida, las distancias entre un sitio y otro son enormes, la competencia es fuerte y a eso agrégale que la ciudad se las trae. El nivel de violencia en las calles es tremendo. Te pongo un ejemplo. El otro día un chiquillo de unos doce o trece años, un indito, me arrebató la cartera de la mano y salió corriendo. Ya a esa edad son unos delincuentes de temer, y la ciudad está infestada por esa plaga. La policía no te protege, así que estás a merced de esos criminales en potencia. Por suerte, yo había sacado el teléfono celular del bolso y lo había dejado en el coche, porque si no, el hueco que me hace el cabroncito ese hubiera sido grande. Éste es uno de los problemas de acá. No hay lugar a donde vayas, a un restorán, un cine, un teatro, una librería o un museo, que puedas estar tranquila, porque constantemente alguien te está rondando para pedirte dinero, o tratando de robarte.

Mándame a decir si necesitas algo para ti o para tu familia. Yo no estoy muy abundante de plata, pero algo se puede hacer por los amigos.

Perdóname la demora en responderte. Créeme que aquí se vive a un ritmo que el tiempo no alcanza para nada. Cariños,

Rebeca

❖ ❖ ❖

La Habana, 10 de enero de 1992

Rebeca:

Aprovecho el viaje a México de una compañera de trabajo para hacerte estas líneas. Ella va por primera vez al extranjero. Quisiera mucho que le dieras una *manito* en lo que esté a tu alcance. Ya sé que casi no tienes tiempo, sobre todo ahora, según me contó tu mamá, con esos dos empleos que llevas a la vez.

Por acá no escampa. El Período Especial está duro de llevar, sobre todo porque no hay esfera de la vida que no se afecte: el transporte, la comida, las medicinas. Te digo yo que está *especial* de verdad. Ahora mismo te estoy escribiendo a la luz de un mocho de vela porque hay apagón, así que no te sorprendas si hay alguna incoherencia o palabra mal escrita, pues casi no distingo lo que escribo.

Cuídate mucho por allá. Recibe un abrazo de

Naty

❖ ❖ ❖

Ciudad México, 4 de febrero de 1992

Naty:

Yo también voy a aprovechar a tu compañera de trabajo como correo para que recibas rápido esta carta. Ella te contará de su estancia en el DF. Traté de ayudarla en lo que estuvo a mi alcance. Incluso se quedó a dormir un par de días en mi apartamento y con el dinero del hotel que ahorró pudo comprar un poco de pacotilla. Me dio pena no albergarla los quince días que estuvo aquí, pero me resulta molesto romper con mis rutinas, y con alguien extraño en casa se desarticula todo. La apoyé también en el asunto «compras», y eso casi me desquicia. Cada cubano que pasa por aquí tiene un foco delirante distinto. El de ella era el de los zapatos para sus dos niños. Y ahí estuve yo, aguantando a pie firme sus idas y venidas para encontrar el sitio más barato dentro de lo más barato. La llevé a uno de esos lugares conocidos como *fayucas*, donde yo compraba al inicio de llegar al DF, pues ahí la mercancía es de contrabando, aunque no de tan buena calidad, ya tú sabes. Espero que tu amiga haya quedado satisfecha con su estancia en México, al menos por la parte que me toca.

He pensado en no ir de vacaciones a Cuba porque se me atrasaría un proyecto en el que estoy enfrascada. En tal caso traería a mamá unos días conmigo, si es que logro convencerla de que deje el «círculo de abuelos». De ser así se pospondría otro año más nuestro encuentro. Algún día nos veremos. Cariños,

Rebeca

❖ ❖ ❖

La Habana, 10 de febrero de 1992

Rebeca:

Me apresuro en escribir para agradecerte lo que hiciste por mi amiga, que fue bastante teniendo en cuenta lo ocupada que estás. Ella me contó que tienes un apartamento muy lindo, decorado con mucho gusto, y una colección de películas en video envidiable. También me dijo lo bien que te desempeñas manejando tu carro (con el tráfico espantoso de esa ciudad) y que has aprendido a hablar «mexicano», sobre todo para pelear con los chóferes en la calle.

Me parece buena idea ésa de llevar a tu mamá a pasarse unos días contigo en México, si es que se te dificulta venir por acá. Está de más decirte que lamento no verte tampoco este año, pero qué le vamos a hacer.

Cada día me cuesta más trabajo ir a trabajar: la carencia de guaguas, las dificultades con los recursos disponibles en la Facultad, los apagones, la falta de comida, me tienen realmente desesperada. Me sostienen mis estudiantes, que van todos los días a clase con un sacrificio enorme, y es un problema de vergüenza ir yo también, pero te juro que si no fuera por ellos me quedaba en casa y ya buscaría de qué vivir. A fin de cuentas, con los precios del mercado negro, el salario no alcanza para nada.

Me despido para no seguir con lamentaciones. Un abrazo.

Naty

❖ ❖ ❖

La Habana, 6 de agosto de 1992

Rebeca:

Hace unos días estuve por casa de tu mamá. En cuanto llegó de México me localizó y allá fui a chismear un poco con ella. Me extrañó no recibir carta tuya y sólo el regalito. Muchas gracias, está muy bonito. La vieja te excusó conmigo haciendo la lista de todas las actividades laborales y sociales (como ella misma dice) que tienes. Me contó que estás muy complicada y que, aunque tú no lo dices para no atormentarla, no ves las santas horas de estar de regreso en Cuba, al menos de vacaciones.

Tu mamá es increíble. Con lo cómoda que estuvo en México, sin tener que hacer colas, ni sufrir calores, dice que extrañaba mucho su casa y que prefiere estar aquí con los viejos del barrio, haciendo sus ejercicios matutinos, buscando el pan nuestro de cada día (¿sabías que al pan le dicen *Toma uno*, como el programa de cine de la TV, porque sólo dan uno diario por persona?).

Este verano la cosa está fea de verdad. Los ciclos de «alumbrones-apagones» son de ocho horas, es decir, si tienes corriente de 12 del día a 8 PM, te la quitan de 8 PM a 4 AM, para ponerla de 4 AM hasta las 12 M, y así... Prácticamente no hay qué comer, ni en qué moverse; hace unos meses apareció una epidemia de polineuropatía de causa desconocida. Nada, que es el armagedón, el apocalipsis. Por suerte estoy de vacaciones y trato de recuperarme para empezar en septiembre de nuevo en la luchita.

En estos días es probable que viajen unos amigos a México y tal vez ellos mismos lleven esta carta. Te pido que los atiendas, ya sabes, cubanos obsesivos, que vaya usted a saber qué cosas te pedirán. Ojalá que no sea ver una película pornográfica. ¡Me imagino qué cara pondrás si te piden algo semejante!

Cuídate mucho, sobre todo de esa artritis que te impide escribir. Cariños,

Naty

❖ ❖ ❖

Ciudad México, 15 de septiembre de 1992

Naty:

Llevo días meditando cómo escribirte esta carta. Yo siempre he sido sincera contigo y no voy a dejar de serlo ahora, aunque nos separen cientos de kilómetros y tres años sin vernos. Tengo atoradas dos cosas que, o te las digo o voy a reventar.

En primer lugar, me parece que te estás reblandeciendo un poco. Ya en varias cartas no haces más que quejarte de la situación del país, como si las dificultades se concentraran solamente en Cuba y en tu persona. Aquí también hay problemas, hay privaciones, desempleo. Para mí misma, la vida es dura: tengo que trabajar de sol a sol para ganarme unos centavos, sin contar que ya hay algunos mexicanos protestando por la presencia de cubanos aquí, pues dicen que les quitamos fuentes de empleo porque trabajamos por menor salario que ellos. ¿Te das cuenta de que no es fácil? Lo que tienen que hacer en Cuba, tú y los que se lamentan tanto, es comprender que el problema es más general y que la única forma de solucionar el de ustedes es trabajar sin descanso para sacar al país del hoyo en que está metido. Tú siempre has sido muy receptiva a las críticas: no te dejes arrastrar por el desaliento en momentos malos. Como todo en la vida, esto también va a pasar.

En segundo lugar, te quiero pedir que no le des más mi dirección a ningún cubano. Todos los que han pasado por mi casa sienten una avidez desmedida por cuanto objeto material que se les ponga a tiro. Son un cáncer. No tienes idea de lo que pasé con los últimos que me encomendaste. Uno de ellos casi me rompe el equipo de *compact disk*, trasteándolo como un anormal; el otro era un troglodita que no paraba de comer y parece que quería recuperar en un par de días las libras perdidas. Ya sé que son tus amigos, tus compañeros, pero entiende que ese trasiego de cubanos desestabiliza mi vida. Tú sabes que en la distancia uno tiende a magnificar las cosas y todos estos cubanos que llegan con sus historias de allá, sus líos, sus necesidades, lo que hacen es calentarme la cabeza.

Espero que sepas comprenderme y que a la larga, como en otras ocasiones, me des la razón. Cariños de

Rebeca

❖ ❖ ❖

La Habana, 23 de noviembre de 1992

Rebeca:

Tu última carta me ha hecho reflexionar mucho. Pero no te asustes, que no voy a contarte toda la hilación de mi pensamiento, sino más bien las conclusiones a que llegué.

En relación con el primer punto de tu carta, puedo asegurarte que no estoy nada reblandecida. Cuando vengas a Cuba (según me dijo tu mamá será pronto, porque quieres participar en un congreso y de paso arreglarte la dentadura y hacerte un chequeo médico) te darás cuenta de que aquí los cubanos sabemos muy bien lo que debemos hacer.

Y en cuanto a las visitas a tu casa, te prometo que no daré nunca más tu dirección a nadie. Por cierto, el «troglodita» bajó de peso pedaleando casi cuarenta kilómetros diarios para ir a su trabajo. El otro, el torpe que casi te rompe tu *compact disk*, decidió quedarse solo en Cuba cuando su familia se fue para EEUU por el *Mariel*. Quizás con esta información sepas disculpar algo a esos infelices.

Por último, te confieso que a pesar de haber aprendido que todo pasa, no he sido capaz de seguir aquella máxima de Santa Teresa: «Nada te turbe, nada te espante, todo se pasa». Ciertas cosas siguen turbándome y, sobre todo, espantándome. Chao.

Natalia

Desvaríos

Espero no le moleste que haya traído este bosquejo para guiarme en mi relato. Me siento más seguro al hablar asiéndome de algo escrito. Me costó mucho prepararlo, recuerdo poco mi niñez y he estado hurgando por días en los vericuetos de la memoria, pero creo haber logrado lo que me proponía al comenzar a escribirlo: información precisa y un sucinto recuento de los hechos relevantes en mi desarrollo como persona. Seré breve, soy preciso, como buen matemático, y no me gusta divagar. Ya comienzo.

A manera de introducción le diré que hace más de veinte años que no me acuesto con una mujer. Siempre con hombres, y negros. Por lo menos de color, de acuerdo a los estándares de este país. Los blancos no apelan a mi sexualidad. Eso sé de dónde viene, lo otro, de lo que hablaré al final, no.

Primero voy a contar mi origen. Nací en un pueblo pequeño de la provincia de La Habana, donde se cultivaban estupendas papas y frutas cítricas, todo se movía lento y sucedía poco. Alejados de la costa, no teníamos tráfico ni de botes. Por suerte, una zanja proveniente del río Mayabeque atravesaba el patio de mi casa y allí tuvo mi niñez algún solaz, además de haber aprendido a nadar en ella. Mi papá era el médico del pueblo, mi mamá la farmacéutica y ambos los dueños de la única farmacia decente de la comarca.

El gran acontecimiento del año era la llegada en julio de un circo de carpa rotosa, cuyas mayores atracciones eran un león sin dientes y *La mujer platino*, siempre recién llegada de una *tournée* por Europa de acuerdo al maestro de ceremonias, quien también estaba a cargo de la música de la orquesta y de vender los boletos en la taquilla. Flaco y viejo, tocaba los timbales cuando salía la rumbera, su mujer; el violín para acto de la trapecista, su hija; y la batería para anunciar la entrada de *La mujer platino*, probablemente su amante. Llegaba al centro de la pista con paso rápido, vistiendo un bikini floreado y rotando las caderas al compás de la música. El movimiento continuo bamboleaba el vientre prominente y lleno de estrías, en cuyo centro un ombligo inclinado hacia afuera denotaba numerosos embarazos. Al pelo teñido de rubio claro debía la mujer su nombre en las tablas. Su número consistía en cantar boleros, lo que hacía de manera lastimosa; imitando a Olga Guillot y a María Luisa Landín. Patético el espectáculo cuando lo recuerdo ahora, pero entonces aquellas funciones producían un estado de excitación en mis nervios, que me impedía pasar bocado durante las comidas antes del circo.

Segundo, paso a contarle sobre mi crianza. Fui asmático desde bebé y sin hermanos, por consiguiente, crecí muy consentido. Tanto, que tuve niñera casi hasta entrar en la adolescencia. Todavía a los ocho años me bañaba Teresita, una muchacha corpulenta que me cuidó hasta esa edad, desde recién nacido. Para ser sincero, no me disgustaba su cuidado. Aún hoy guardo el sentimiento de placer después del baño, yendo en sus brazos hacia la cama arropado en una toalla inmensa. A lo mejor no eran tan exageradas ni la toalla ni la muchacha, pero enormes quedaron en mi imaginación. Ella me acostaba y así, desnudo, envuelto en la suavidad de la felpa permanecía un rato para hacer reacción, expresión misteriosa de mi abuela materna. Teresita me acompañaba en el proceso bajo la toalla, su cuerpo tibio y amplio calentando el mío de lagartija encajada en su pecho y en sus muslos. Dormíamos empiernados por quince o veinte minutos. Mi mamá o alguna de las abuelas, las dos vivían en casa, rondaban la habitación a menudo para cerciorarse del cumplimiento de sus órdenes. Disimuladamente entreabría los ojos y a través de las pestañas divisaba sus sombras sonriendo con beatitud ante la plácida escena. El lograr aquella siesta era uno de los factores principales para la adoración que la familia profesaba a la niñera, hasta un día en que le notaron el vientre más abultado de lo que justificaba su buen apetito y la despidieron.

Lloré mucho su partida, mucho. Traté de impedirla, pero las súplicas fueron inútiles. Pensaron que mi inocencia ignoraba la causa del despido, pero sabía mejor que ellos porque Teresita me hablaba de su novio con frecuencia y mi precocidad adivinaba lo que ella no decía. Para siempre me negué a hacer *reacción*, y entonces lloraron ellos, toda la familia. No me importó, sin el calor de Teresita no tenía gracia.

Cuando ella estaba, finalizada la siesta se sentaba en el borde de la cama, ponía mis pies sobre su saya y entalcaba una por una las separaciones entre los dedos con talco Mennen. Después, calmadamente, me ponía las medias y los zapatos. Cada mañana antes de almuerzo, desde que tuve conciencia hasta los ocho años, fue así. Todos se maravillaron durante aquel período de mi vida de mi docilidad para el aseo. En realidad era la hora más placentera de mis interminables días de niño mimado, criado antes de la era de los juegos de Nintendo. Años después comprendí que la dedicación de Teresita se debía en parte a que la prolongación de nuestro rito matutino la eximía por horas de gravosas tareas domésticas.

Con tal celo me cuidaban y por tan frágil me tenían, que no me era permitido andar descalzo ni en los mediodías de sopor insoportable, cuando rogaba hacerlo mientras contemplaba con encono los anchos pies desnudos de Teresita deslizándose deleitados sobre los frescos azulejos blancos y negros de la amplia sala, brillosos y recién limpiados por Otilia, una mujer de largas trenzas grises que había envejecido solitaria como sirvienta de la familia.

Cuando llovía, jamás se refrescó mi cabeza, como las de otros niños, con el contacto del estruendoso chorro de agua clara que descendía por la canal de cinc que bordeaba el techo de tejas del portal, y recogía la lluvia de los copiosos aguaceros de verano para dejarla caer en el patio. Colérico, encerrado en mi cuarto y con las cortinas bajas, trataba de ignorar la diversión de los otros. Aun así escuchaba sus risas y carreras y me dolían.

Para mi mamá, hasta una inocente llovizna recibida durante el día sería capaz de desatarme el pito en el pecho al llegar la noche. El *pito en el pecho*, otra incógnita del léxico familiar que mis abuelas repetían junto a mi cama de enfermo mientras yo, meditando en la frase, luchaba por respirar en las madrugadas de ahogo.

Vivía lleno de prohibiciones; las de comida, las peores. Adoraba los mangos verdes, Dios me amparara de comerlos. En escala ascendente e irremediable vendrían indigestión, diarreas, fiebre alta, *tifus*.

Pero el peor tabú era el del pescado. Antes de servírmelo lo trituraban para sacarle las espinas. Terminado el proceso, después de haber borrado del plato original toda huella de variedad en la preparación, llegaba a mí convertido en bazofia aséptica y descolorida, según decían, saturada de fósforo para bienestar de mi cerebro. Los mayores comían pescado frito, en salsa de tomate, en salsa verde, rebozado, en sobreuso. El mío, siempre venía aporreado. Su aspecto nauseabundo impedía probarlo siquiera.

Cómo no iba a darme asco si sabía que el amasijo insulso que me ponían delante era el producto final del manoseo de por lo menos veinte dedos, los diez de la cocinera, autora del largo registro en la carne del pescado, hurgando minuciosa más por temor a la ira de mi madre que a mi atragantamiento y después los diez de mi mamá, apurruñándolo centímetro a centímetro para cerciorarse de que no había vestigios de espinas. Y hubo veces de una tercera y hasta cuarta inspección, por parte de mis abuelas. Un asco, un verdadero asco.

Gracias por el agua. Ya estoy mejor. Perdone el exabrupto, aborrezco perder la serenidad. En realidad soy un hombre calmado, pero la historia del pescado aún hoy me exaspera. Me hace tanto daño recordarla que hasta siento falta de aire, y no padezco de asma desde que dejé mi casa para ir a estudiar a La Habana. No hablo de esto jamás, pero antes de venir me prometí contarle todo.

No quisiera que usted malinterpretara la relación con mi madre, la quise mucho y le tenía gran admiración. Probablemente en el pueblo no había otra mujer con un título universitario. Además, era generosa, desprendida. Sensible al dolor ajeno, las sirvientas la apreciaban de corazón. Ella era especialmente apegada a la cocinera, madre soltera con un hijo sólo dos años mayor que yo, aunque parecía serlo cinco o seis. Se llamaba Genaro, prácticamente vivía en mi casa y por fuerte y travieso lo apodaron Sandokan como el personaje de unos episodios de radio basados en la novela de Emilio Salgari. Candela viva, decía mi mamá de él, y desde la primera vez que oí la frase, *candela viva* repetía para mis adentros durante los aguaceros, escuchándolo desde mi cama correr enloquecido bajo la lluvia, blandiendo en la mano en alto una espada de madera que los Reyes Magos habían dejado para él en mi casa, mientras yo recibía juegos educativos.

Pero lo que dejó marca indeleble en mí fueron las noches en que al salir del comedor, lloroso tras los regaños sufridos por no haber comido, veía a Sandokan sentado a la mesa de la cocina en que su mamá y él comían, saboreando un pescado completo, con cabeza y todo. Atónito, recostado al marco de la puerta observaba cómo a veces, después de haber devorado su plato, incluyendo los ojos y los sesos que chupaba con fruición para extraerlos de los diminutos huesos del cráneo, comenzaba a comer del plato donde había comido alguno de los adultos, entresacando las masas que, mezcladas con espinas, habían quedado rezagadas. Las tragaba con gusto, totalmente ajeno a la preocupación de que alguna pudiera trabársele en una amígdala y tuviera que correr al hospital a sacársela, como decían mi mamá y abuelas podía pasarme a mí. Embelesado lo observaba masticar. A cada rato sacaba una gran espina de la boca y la colocaba en el borde del plato, otras veces dos o tres pequeñas salían a la vez de entre sus labios. La primera vez que contemplé esta escena yo tenía cerca de nueve años, recién cuando despidieron a Teresita. Pregunté a mi madre por qué a él le servían pescado con espinas y a mí no. «Porque él sí puede comerlas», me respondió en un tono que cayó en mis oídos cargado de misterio y fascinación. El comentario confirmó viejas sospechas: el hijo de la cocinera era un súper niño y yo sólo un raquítico, como me gritaban los compañeros de escuela en las escasas ocasiones en que intenté pelear con alguien. Triste de mí, ensombrecido pasé por la niñez extrañando a Teresita y envidiando a Sandokan.

En tercer lugar, voy a hablar de mi traslado a La Habana y mi primera experiencia homosexual.

Al terminar la escuela primaria, preocupados mis padres por la carencia de un buen colegio donde proseguir mis estudios en el pueblecito, me enviaron a casa de una tía en la calle Monserrate, en La Habana Vieja, e hice el bachillerato en el Instituto de La Habana. Fue idea de ellos, a la cual incluso me negué al principio, pero de repente decidieron que mi educación era lo más importante. Casi me forzaron a trasladarme y de una infancia de sobreprotección total pasé a una adolescencia de casi total independencia, lejos de la tutela materna. Fue difícil al principio. Apresado en mi timidez tardé en hacerme amigos. Sin embargo, a pesar del hollín de la ciudad y de dormir en un cuarto poco ventilado, el asma y las alergias a las comidas desaparecieron. Tuve dos noviecitas en aquella época, con las cuales nunca me entusiasmé demasiado y tuve, siempre a iniciativa de ellas, unos encuentros sexuales desganados e incompletos. Lo hice más por quedar bien con los amigos que por gusto propio.

No me enamoré hasta entrar en la universidad y conocer a Armando. Compartíamos la habitación en una casa de huéspedes en El Vedado. Hijo de un dentista y una maestra de escuela primaria, también del interior de la Isla, comenzamos a estudiar el mismo año, yo matemáticas y él arquitectura.

Era callado y estudioso, una persona ensimismada, con ojos grandes y largas pestañas. Desde el primer momento me resultó enormemente atractiva su compañía y pronto me di cuenta de que su presencia evocaba a Sandokan. Reflexioné varios días sobre la asociación. No se parecían físicamente ni sus personalidades concordaban. Además, venían de crianzas opuestas. Una noche, tomando café después de comer, comenzamos a cortejarnos de manera sutil y ahí descubrí que el tono tostado de la piel lo acercaba dentro de mí a Sandokan. Desde entonces ése ha sido el color del amor para mí. Nos hicimos amantes. No me conflictuó caer en la cuenta de mi atracción por el mismo sexo. Tal vez la sospechaba subconscientemente, no sé, creo que mi marginalidad de niño me capacitó para aceptar la de mi sexualidad. Por supuesto, estoy haciéndole recuentos muy concisos de largos procesos de conciencia. Por ejemplo, producto de una niñez tan apocada, no podría estar hablando con usted así de abierto si no hu-

56

biera estado en terapia desde que llegué a este país. Primero, aceptarme como homosexual de una manera concluyente y segundo, salir del *closet* como lo he hecho, no ha sido nada fácil. Y ahora me siento confundido de nuevo, cuando me creía tan seguro de quien soy.

Para finalizar mi historia, voy a hablarle de Mathew y de lo que considero el lado oscuro de mi erotismo. Hace cinco años que vivo con él. Lo conocí a través de un anuncio que puse en un periódico en la sección de «Personales». En ese periódico trabaja un amigo mío, Rodolfo, desde hace muchos años, y cada vez que tengo que anunciar algo por supuesto lo hago allí. Fue él quien me habló de usted mientras nos tomábamos una cerveza un viernes por la tarde. Entre trago y trago, me contó su extraña afición por una vecina de olor insoportable y eso me dio la idea de venir.

A muchos les ha resultado extraño que con mi posición social y seriedad recurriera a ese medio para conseguir pareja, pero la explicación es sencilla, me cansé del azar, de la manera en que uno conoce a la gente usualmente: una fiesta, el trabajo, amistades comunes y después va descubriendo los desencuentros en gustos, en intereses, hasta en valores. En varias ocasiones me sucedió que comencé un romance con un amigo y al venir las desavenencias me quedé sin amante y sin amigo. No más, me dije. No había tenido suerte con las últimas parejas y ya me estaban escaseando los amigos. Decidí buscar desconocidos, hacer entrevistas a los candidatos, proporcionarles un cuestionario y ver si nuestras afinidades coincidían. Lo hice y resultó. Cincuenta y cuatro ofertas recibí en una semana, tenía que encontrar lo que buscaba, por eso yo creo en la planificación.

Pero algo escapa a mi entendimiento y yo aborrezco no entender. Para que usted comprenda el resto, debo decirle antes que nunca he tenido un apetito sexual exacerbado. Soy tranquilo por naturaleza, o creía serlo hasta ahora. A diferencia mía, Mathew tiene un temperamento fogoso. Es en lo único que no nos parecemos, lo supe desde los cuestionarios, pero de las cincuenta y cuatro personas que entrevisté, él fue el más compatible con mi personalidad. Desde el principio de la relación él trató de aumentar mi deseo con diferentes medios, sin mucho resultado. A los dos años de haber estado juntos, hace tres ahora, su frustración creció hasta amenazar nuestra unión, sólida en cualquier otro aspecto. La situación me desveló noches enteras.

Una tarde Mathew regresó del trabajo cargando una bolsa llena de películas pornográficas de diferentes temas y estilos para que yo escogiera las que me excitaran. Me conmovió su afán de resolver el problema y acepté la sugerencia sin esperanzas. Aun así, los días posteriores dediqué largas horas a seleccionarlas. Fue un recurso desesperado después de una serie de situaciones demasiado humillantes e íntimas para ser contadas. Anteriormente yo había visto cine erótico *gay* sin entusiasmarme demasiado, pero ante mi asombro y para satisfacción de Mathew, me he vuelto de repente un excelente amante. Hemos convertido en rito usar una película como punto de partida para hacer el amor, tarea que emprendo ahora con fuego avasallador. Es increíble el cambio. Tan increíble, que por eso sigo viendo las películas de Mathew, para que él no sepa la verdad. No son ésas las que me enloquecen, sino otras que compro a escondidas y veo a solas, antes de él llegar. Las escenas de ésas vibran en mi memoria mientras estamos en la cama. De ahí adquiero la fuerza. Las guardo en el sótano, ocultas entre libros de ciencia en desuso. Todas son heterosexuales, ése es mi secreto. Tengo una enorme colección y siempre, invariablemente, durante los últimos tres años he llegado al momento culminante del amor con mi amante imaginándome penetrar a una de esas mujeres. La voracidad con que las poseo en mi mente se traduce en una conducta en la cama interpretada por Mathew como pasión hacia él. Hablando con toda sinceridad, podría estar con cualquier hombre, incluso un desconocido y actuaría con el mismo ardor. El objeto erótico es una vagina y habita en mi cabeza.

Al principio estas fantasías me divertían, pero se han ido haciendo demasiado apremiantes para no tomarlas en serio, y molestan. Es agobiante no tener un orgasmo, uno sólo, sin estar sumergido en una escena cuya realidad desconozco. Últimamente surgen sin remedio dondequiera, a veces en medio de la resolución de un problema de matemáticas. En los últimos días he jugado con la idea de poner un anuncio en la sección de «Personales» del mismo periódico donde puse aquel con el que conseguí a Mathew. Si fuera más arriesgado, menos tímido, lo haría, pero no creo que me atreva, he sido *gay* toda la vida y no sabría ni qué hacer de encontrarme en una situación así de verdad. Son desvaríos, yo lo sé, pero de que las deseo como jamás he deseado a alguien, las deseo. ¿A usted no le parece extraño?

marylin bobes
1955

En Florencia diez años después

Era la misma plaza del Duomo con su Santa María di Fiori: las franjas de mármol blanco y negro llamando insistentemente a la dulzura, a sumergirse en la proximidad. Florencia con sus arcos redondos y sus columnas, extendiéndose por el lado de la llanura hacia Perétola, Sesto Florentino y el mar. La ciudad donde se encontraban los más bellos vestidos y calzados, las más fabulosas orfebrerías y cerámicas, el lugar donde pensó se completarían sus anhelos de felicidad. Sin embargo, tantas cosas habían cambiado en ella desde entonces... Ya no se le ocurría echar siquiera una ojeada a los libros del doctor Schnabl y había perdido, primero, completamente la paciencia, y después, la confianza.

Caminaba por la acera del Palacio Strozzi ignorando la Puerta Este del Baptisterio con sus escenas del Antiguo Testamento y sus figuras de profetas y sibilas y la del Norte, con sus representaciones de evangelistas y doctores de la iglesia latina, sin saber cuál de las dos fue la que Miguel Ángel juzgó digna de ser la entrada del Paraíso porque le faltaban los comentarios historiográficos de Jacques, sus precisiones arqueológicas, y no era la noche en que, después de una botella de vino rosé, hicieron el amor en una pensión barata, a orillas del

Arno: ella con el pensamiento fijo en el torso apolíneo del David contemplado unas horas antes en la Galería de la Academia (caderas estrechas, piernas fornidas de bailarín) sin semejanza posible con el triste pastorcillo de Donatello: un hombrecito de bronce, enclenque y afeminado, apoyando contra el suelo el peso inconmovible de una espada.

Había vuelto a Florencia ajena a todo lo que no fuera el impetuoso David de Miguel Ángel, cuya réplica la sobornaba ahora frente al Palacio de la Signoria, convertida enteramente ella en la Betsabé cuyo marido, Urías, fuera enviado por el rey de los hebreos, víctima de un amor arrasador, a una muerte segura en el campo de batalla; el David, extraído por la voluntad de Bounarroti del imponente bloque de mármol al que antes se habían resistido Agustín d'Antonio y el mismísimo Leonardo Da Vinci y que los florentinos, vivaces y agudos, poderosos en el arte de la guerra, habían bautizado como Il Gigante.

Nunca nadie se le había parecido tanto al Bebo como aquella escultura singular de testículos sobresalientes que forman una especie de unidad bajo el vello rizado y hacen que el pene parezca todavía más pequeño y manejable; qué diferente al miembro de dimensiones soberbias de Jacques, rígido e hipersensible entre las dos bolsitas colgantes. Si hasta había pensado entonces que era éste, el de Jacques, el que correspondía al David por su dureza marmórea y sus venas sobresalientes e hinchadas en el momento de mayor erección (aunque, mirándolo bien, el pene de David tiene las justas proporciones del estado en que el héroe fue representado: momentos antes de su enfrentamiento con Goliat, cuando la piedra está en la honda a punto de ser lanzada).

Aquella noche, en la pensión, apenas había tenido tiempo de fantasear con que se aferraba a la pelvis estrecha de la estatua (las caderas escurridizas, ágiles y juguetonas del Bebo) porque, como siempre, Jacques se apresuró a derramarse unos segundos después de haber comenzado a penetrarla. Inútil insinuarle la posibilidad de una terapéutica recomendada por el doctor Schnabl en estos casos. Mucho menos pedirle que continuara acariciándole el clítoris con la boca o con los dedos. La falta de asertividad en estas cuestiones no obedecía solamente a algún falso pudor alimentado por una educación conservadora y pacata sino también a un reflejo: se había acostumbrado a que la excitación del hombre provocara su propia excitación, e imaginar a su marido satisfecho, realizando aquella operación en frío, sólo para aliviarla, le resultaba acaso más decepcionante que la forma en que habitualmente concluían el acto. Jacques compensaba la brevedad de los encuentros manteniéndola pegada a su cuerpo mucho rato: acariciaba sus cabellos con ternura y musitaba frases llenas de poesía y agradecimiento, pero nunca se le había ocurrido preguntarle si se sentía complacida ni dio muestras de poseer el vigor necesario para un segundo acto. Por delicadeza o timidez, ella siempre callaba, repitiéndose interiormente que quizás con un poco de paciencia aprendería a apresurar su placer hasta alcanzarlo. Todo era cosa, se decía a sí misma, de tener un poquito de paciencia, de no perder la confianza.

Decididamente el David de Miguel Ángel era el vivo retrato del Bebo, una mezcla de orgullo y desafío lanzada a la infinidad del espacio. Algo en su expresión, coincidía con la mirada de su ex novio aquel día en el Malecón de La Habana cuando ella le había anunciado que se casaría con Jacques y partiría a Italia para la luna de miel, después de unos días en París, hotel Messidor de la rue Vaugirard. Bebo la observó con aquella altanería de indigente que se sabe dueño del mundo en virtud de su capacidad de adaptación ante cualquier eventualidad y le propuso, de pronto, una despedida amistosa en el cuartico de la calle San Lázaro donde acostumbraban a verse algunos meses antes de la noche fatídica en que él se había ido solo, sin ofrecerle la más mínima disculpa, al planeado baile en los jardines de La Tropical. La fatídica noche, la misma en que ella conocería a Jacques.

Su ex novio le había pedido que se desnudara para él y le hizo luego un chiste a propósito de lo delgada que se había puesto. Con la alimentación naturista de Jacques, empeñado en convertirla en europea *honoris causa*, había conseguido reducir ostensiblemente la grasa que tímidamente se alojaba alrededor del abdomen, pero las caderas macizas, las nalgas empinadas, continuaban siendo las mismas bajo la falda *evasé* de su vestido de seda, en el cual Bebo siquiera reparaba, ocupado, como estaba, en volverse con plenitud hacia ella, murmurando mil groserías amables, palabras que estimulaban glándulas desconocidas para Jacques y producían el milagro de una lubricación abundante, la incontenible secreción de una sustancia que nunca humedecería las sábanas de tantos hoteles y pensiones diseminadas por el largo y tortuoso camino de París a Padua y luego a Venecia, Urbino, pasando por Florencia y concluyendo en Nápoles.

Aquel asunto de las palabras no aparecía descrito en la bibliografía que, desde entonces, comenzó obsesivamente a consultar: libros de sexólogos como Master y Johnson y Siegfried Schnabl, especialmente los capítulos dedicados a la frigidez y la anorgasmia, incluyendo ese otro que, como si hubiera sido escrito expresamente para ellos, el alemán titulaba ¿*Demasiado breve el acto sexual*? Lástima que no hubiera encontrado algo con relación al poder estimulador de las palabras. Jamás habría adivinado que la comunicación verbal llegaría a resultarle tan imprescindible para conseguir un orgasmo y hasta se asustó un poco cuando leyó, en una revista científica, un artículo firmado por unos doctores daneses en el que se describía la patología conocida como coprolalia. Quizás Bebo sufriera de aquella extraña aberración definida como la inclinación morbosa a proferir palabras sucias y, aunque siguió indagando, nada pudo conocer acerca de si la enfermedad comprendía también a quienes, como a ella, les complacía, en vez de proferirlas, escucharlas. ¿Qué le susurraría David a Betsabé en las largas noches de ausencia de Urías cuando fue concebido Salomón? ¿*Mami, qué rica estás* o *Amore mío, te voglio bene*?

Ella sabía que en todos los idiomas existían vocablos populares para designar los órganos de la procreación, y la realización del acto sexual, pero, en francés, el idioma que hablaba Jacques, estos sustantivos se volvían demasiado inocuos, hasta ligeramente musicales. No encontraba la menor excitación cuando su marido utilizaba el verbo *baiser* que, en definitiva, no significaba otra cosa que besar, o nombraba a la vulva *la chatte* y al pene *la queue*. Todo eso le parecía un juego de niños empeñados en despojar al acto amoroso de toda connotación transgresora para convertirlo en una inocente mascarada de similitudes zoológicas.

Caminaba rumbo a la Galería de la Academia cuando, a la altura del convento de San Marcos con sus paredes lisas y pequeñas ventanas, recordó a aquel chileno aficionado a la pintura del Beato Angélico a quien había conocido en Toulouse, en 1995, mientras paseaba su soledad por la provincia, durante uno de los viajes de negocios de Jacques. Ya había perdido absolutamente la paciencia y también la confianza. Ya su madrina Clarita había sentenciado desde La Habana que Jacques nunca sería el hombre capaz de conducirla al placer, el famoso *hombre determinado* de Schnabl, pero *te lo da todo. No te atrevas a cambiar lo seguro por lo que está en el aire.*

Sin embargo, Clarita se había mostrado tolerante al anunciar la esporádica presencia de algún otro, *nunca el Bebo*, que encontraría en su camino para darse un gustazo. Gonzalo, con sus 43 años, su portafolio de ejecutivo de una transnacional y su aire caballeroso y responsable apareció de repente como una promesa de plenitud en medio de la aridez de los fugaces encontronazos con Jacques que, cada vez con menor frecuencia, tenían lugar bajo el edredón de una cama presidida por una copia en cartulina de *La Cena*, en casa de su suegra Adele, donde ella languidecía hace tiempo, muerta de aburrimiento y de nostalgia.

Con Gonzalo, inventando todo tipo de embustes para conjurar la desconfianza de su entrometida suegra, a cuya vigilancia ninguno de sus movimientos escapaba, pudo viajar furtivamente hasta Amsterdam, la titilante, y visitar el Museo Van Gogh y hacer el amor después, en el apartamento de unos compatriotas del chileno aficionados a las canciones del cuarteto Cedrón. Y, a pesar de su temor a que se repitieran las recurrentes fantasías con el David y las constantes alucinaciones auditivas con el Bebo, consiguió sentirse medianamente bien en los brazos de aquel hombre experimentado, que sabía controlar su excitación para esperarla, inducirla al placer con un preludio lento, desenfadado y repleto de caricias y juegos delicados.

Sin embargo, aquello carecía del humor, de la alegre vitalidad que siempre experimentó junto al Bebo. Gonzalo no poseía el don de expresar su sensualidad con palabras, aun cuando hablaba la misma lengua de ella. Permanecía serio y callado como quien realiza con pulcritud algún trabajo fino, atento a las reacciones de su compañera, pero invariablemente distante. Se parecía a Jacques en su manera de retenerla consigo una vez finalizado el amor. Completamente desnudos, tomaban vino rosé y hablaban. Hablaban, sobre todo, de Florencia, del Puente Vecchio, de los frescos de Fra Angélico en los que él descubrió por primera vez el realismo (el realismo del siglo XV) y la manera en que el pintor se introduce en el mundo de los santos, les otorga nobleza y clase, la misma demostrada por el Angélico cuando el papa Eugenio IV le ofreció el arzobispado de la ciudad y el artista se negó para seguir cuidando a sus enfermos y pintando sus cuadros.

A Gonzalo también le gustaba el David, pero prefería el Moisés, obra de madurez que adorna el sepulcro del papa Julio II en Roma. Por su amante supo que Michelangelo padecía de lo que hoy conocemos como ataques de pánico. El escultor estaba convencido de que era un vidente. No iba amoldando el mármol poco a poco sino que entraba en la piedra arrancando el material por capas y hacía primero la frente de manera que las extremidades aparecían como nacidas del bloque mismo. A veces, arrojaba de pronto su martillo y su cincel y murmuraba: *Si me quedo aquí un minuto más me va a suceder algo terrible*. Entonces compraba un caballo y se iba a Bolonía o a Roma. Le sucedió por primera vez en 1492, después de la muerte de Lorenzo de Médicis, el mecenas bajo cuyo influjo aprendió a preferir a Platón antes que a San Agustín o a San Pablo; el David, ejecutado hacia 1501, conoció los embates de aquella sensibilidad torturada, insaciable, eso que Spengler llama *lo terrible* en las formas de Miguel Ángel.

Los encuentros con Gonzalo tenían el encanto de la aventura prohibida (él estaba casado con una violinista belga que pasaba largas temporadas en giras por el continente) y ella sentía que aquellas escapadas sustituían un poco el poder transgresor que las palabras del Bebo otorgaban al amor, pero aun así percibía en el chileno algo impostado, quizás aquel empeño de integración a una cultura de la que de ninguna manera ellos podían formar parte. Le gustaba, eso sí, su olor, la ligera curvatura de su espalda acostumbrada a someterse a los reclamos de la autoridad y la manera que tenía de pronunciar su nombre, afrancesándolo. No obstante, Gonzalo jamás despertó en ella la viscosa lujuria, el escalofrío estremecedor, los múltiples orgasmos que su cuerpo sintió junto al amante ingrato que en aquel año cumplía una condena penitenciaria en La Habana.

En todo esto pensaba mientras se dirigía a la Galería de la Academia, tocando la SS Annunziata, escuchando las discusiones y los juicios tajantes de los florentinos, divisando ya la estatua de mármol, imponente, en el fondo del pasillo. *Liberar la imagen que existe ya en el bloque, despojándola de lo superfluo, de las escorias que la aprisionan dentro de la materia bruta.* Eso había querido Miguel Ángel cuando todavía no había perdido la paciencia, antes de que dejara penetrar también la escoria y se transformara en el manierista de la Pietá Rondanini, cuando todavía su sensualidad se orientaba en el sentido de la eternidad, de la lejanía y no en el erotismo del instante fugaz.

Y allí, frente a ella, tenía finalmente al David para demostrarlo, con su cuello poderoso, sus cabellos rizados, sus enormes manos sabias y experimentadas en el arte de acariciar a Betsabé. Y ya no podía determinar si ese David era también el Bebo recién liberado, el mismo que, hacía diez años ahora, se negó a acompañarla al baile de La Tropical, el de la voz cascada, quien nunca había cesado de susurrarle al oído sus groserías cariñosas y sus decisiones irrevocables y, sobre todo, el Bebo de aquel último encuentro hacía sólo unos meses, en el sempiterno Malecón de La Habana, cuando ella, desesperada, segura de que sólo él era el *hombre determinado*, le habló de su posible divorcio, de desoír a Clarita y dejar definitivamente a Jacques para conservar al Bebo junto a ella, sacarlo de este infierno de penurias y llevárselo, mostrarle la plaza de San Firenze, *La Primavera* de Boticelli, enseñarle a beber vino rosé y a hablar en italiano. Y, otra vez, el Bebo, disfrazado de David, con la cara ladeada, apoyaba su honda en el hombro, el cuerpo preparado para una lucha de vida o muerte frente a los enemigos de su gente y tarareaba una canción donde se habla de una mujer perjura, de los tormentos que su infamia le causó, negándose a conducirla una vez más hasta el cuartico de la calle San Lázaro, ahora apuntalado y con las maderas de las ventanas corroídas por el comején, dispuesto a continuar siendo interrogado por la policía que merodeaba insistentemente los accesos de salida de los jardines de La Tropical, seguro de las elementales verdades del salsero de turno (*te fuiste y si te fuiste perdiste, yo me quedé y ahora soy el rey*), con una decidida, incomprensible, casi diríase que maniática voluntad.

Mariposas
de noviembre

Loca como una cabra, dijo Mini cuando la vio pasar con la regadera y las tijeras de podar y, sin transición, continuó su especie de novela sentimental diciéndole que la actitud de él lo mismo podía ser despecho que desinterés.

Pero su amiga se había desprendido del hilo de sus cuitas para seguir la figura en botón desteñido que se deslizaba hacia el pasillo de las habitaciones, con paso de monjita diligente y una expresión de pedir disculpas, sabría Dios por qué.

—¿No te parece?

—¿Eh...?

—¡No me estás atendiendo!

—Por supuesto. Decías que no sabes si la actitud de él es de despecho o desinterés.

Lo repitió mecánicamente y Mini lo sabía. Magnánima, se encogió de hombros y, con fingida resignación, comentó: —La culpa es de ella.

—¿De quién?

69

–De Arcadia.

–¡Ah, la muchacha se llama Arcadia!

–¿Qué muchacha?

Tuvo que rendirse. Es cierto –le confesó– que te estaba prestando atención a medias, pero me parecí que él estaba un poco díscolo y lo más natural es que haya una mujer por medio. Por eso, cuando nombraste a esa Arcadia...

Pese a su contrariedad, Mini se rió. No, no; Arcadia es la tía de mamá, la que vino a vivir con nosotras hace como dos meses, cuando andabas de vacaciones.

–Nada de vacaciones, viaje de trabajo.

–Mira, hija cuando te subes a un avión, todo es paseo.

Iba a ripostar cuando la vio pasar nuevamente, llevando la regadera ya en derrota en una mano, mientras se colocaba las tijeras en el bolsillo. Y volvió a quedarse imantada con su rápido y frágil desplazarse, con los ojos oscuros y extrañamente reidores en un rostro de vieja no maltratado, liso y alunado, con una papadita y algunas líneas para justificar los años y nada más.

Se mantuvo abstraída mientras la veía alejarse, perderse en otra de las puertas, diluirse en los vericuetos de la casa, y se oyó decir: No sabía que hubiera una terraza interior. Iba a interesarse de nuevo en la historia de aquel novio malvado, pero Mini la paró en seco con tres monosílabos: No la hay.

–¿Cómo? –y apuntó con la barbilla hacia el lugar por donde había pasado Arcadia–. ¿Dónde cultiva entonces las plantas?

–En su cuarto.

–¡Ah!

Comenzaba a imaginar un gran alféizar con macetas, cuando Mini volvió a cortar toda posibilidad de lógica referida a la anciana: Son plásticas.

La miró interrogante pero no pudo decir nada, porque su anfitriona, con extraño resquemor, comenzó a manotear señalando aquí y allá las dimensiones de un inmenso jardín, mientras describía que, a juzgar por las maniobras, allí debía haber grandes malangas, helechos, enredaderas colgantes, orquídeas parasitadas a gruesos troncos, y ¡claro! mariposas. Las delicadas mariposas que tanta agua requieren.

–¡Ah, por eso llevaba la regadera!

–¡No! –puntualizó Mini con sonrisita cruel–. Lleva la regadera porque está chiflada.

Era cierto. Las flores artificiales no precisan riego, pero la descripción del pródigo recinto le había hecho olvidar el detalle. Iba a decírselo, cuando ya Mini le explicaba que Arcadia era de esas tías viejas que un día estorba en la casa, al llegar una nuera maquiavélica, decidida a no dejarse apabullar por sus caprichos y al hijo sólo se le ocurrió, para declarar la pelea tablas, meterla en un asilo y sacarla a pasear los domingos.

–¡Pobrecita! –murmuró, completamente ganada por aquel capítulo de la vida real narrado con truculencias de telenovela. Pero el comentario exasperó a Mini.

–¡Pobrecita! ¡Pobrecita! Eso mismo dijo mi madre. Y como jamás ha puesto los pies sobre la tierra, la trajo a casa.

–¿Pero, en qué te molesta?

–¡En todo! Es una injerencia. Una está acostumbrada a cierta normalidad y de pronto aparece una señora que de alguna forma siempre te está escrutando, retando, dándote la razón sólo en apariencias, imponiéndose solapadamente.

–Me parece que estás predispuesta contra ella –se aventuró a decir y Mini pareció llegar al colmo de su paciencia: ¡No! No estoy predispuesta. Arcadia quiere ser el centro de todo y lo logra, como ahora mismo, que te estaba contando algo muy personal y acabamos hablando de ella, porque se introduce en todas las conversaciones.

–No deja de ser una intromisión indirecta –acotó conciliadora, sonriendo comprensiva por aquel egoísmo de niña que Mini nunca pudo superar. Para halagarla, le pidió que le siguiera contando aquello muy personal, pero ella ya no quería hablar; estaba enojada y se hacía rogar como en las reuniones familiares cuando le pedían que tocara el piano. Entonces, aprovechó para indagar más sobre Arcadia.

–Es mandona, como toda la familia de mi madre. Le gusta imponerse, pero siempre cuidando una aureola de tímida bondad, de indefensión.

–No lo parece.

–Tiene sus mañas. Ahí donde la ves, esa regadera es su cetro, la prueba de que, a despecho de todos, hace lo que quiere.

–Estás dramatizando.

–Te aseguro que no. Como le impedimos meter los tiestos en la habitación, la llenó de plantas plásticas y se dedica al paripé de la jardinería, como ya has visto. Y también trasiega bolsitas de abono.

–Pero, ¿no puede sembrar en el patio?

–Al principio se lo permitimos, pero no se conforma con cultivar plantas de adorno, ¡no!, lo de ella es en grande. Una floresta, una sucursal del jardín botánico, y con lo vieja que está, en esos trajines puede caerse y partirse la cadera, una clavícula, el occipital, qué se yo, ¡todo lo partible que tienen las ancianas!

–Una floresta en el cuarto... después de todo suena bonito –sonrió con cierta inevitable complicidad.

–Es posible. Pero nadie puede verlo. Su habitación permanece cerrada a cal y canto.

–¡Qué capricho!

–De vieja loca.

Pero no le gustaba el calificativo para aquella cosita de mirada y sonrisa que pedían disculpas, aunque insistiera en lo suyo.

Cuando Mini fue a su habitación a arreglarse para salir juntas, se quedó en la sala y casi tuvo un sobresalto al ver que, entre las sombras del pasillo, volvía a deslizarse Arcadia, esta vez con una especie de canasta de mimbre. Iba más aprisa que antes, más conspirativa, seria y afanosa, sin sospechar que alguien la estuviera mirando.

Poco después pasó de nuevo con el cesto lleno de ramas y hojas y le pareció absurdo que podara plantas artificiales. Entonces, como la séptima esposa, se propuso entrar al cuarto cerrado.

Fueron al cine, comieron un sutil emparedado y bebieron agua mineral, porque Mini estaba nuevamente a dieta y en casos así el acompañante no debía poner a prueba su voluntad. El resultado fue que volvió a su propia casa muerta de hambre y sólo encontró un paquete de galletas viejas que le dejaron sabor a papel de estraza en la boca.

Soñó con Arcadia. Pero no con sus ires y venires, sus instrumentos de jardinería ni sus pasitos subrepticios. No. Era una mujer –¿más joven?–, no podía definirlo, pero que mantenía con ella una antigua amistad. Le hablaba de aquel novio despechado o indiferente y de sus frecuentes paseos en avión, mientras masticaba confituras de cartulina y ataba con cintitas un poco desteñidas unos ramos de mariposas grandísimos, olorosos, goteando agua cristalina.

A partir de entonces la vio cada vez que visitaba a su amiga, sin atreverse a intimar para protegerla de las acusaciones –injerencista, hegemónica, totalitaria– de Mini, acusaciones de cuya justeza dudaba. Siempre encontró una profunda simpatía en su sonrisa casi humilde y en sus ojos oscuros, un poco hundidos que parecían mirar directamente a los sentimientos de los demás. Porque, sin duda alguna, Arcadia sabía el comprensivo afecto que había despertado en ella, aunque no hablaran casi. Y eso la hacía sentirse culpable por el propósito de violar su florido secreto.

La ocasión se presentó el día en que esperaba la llegada de Mini y la vio salir, curiosamente enaltecida con su negro traje de viuda, anticuado y digno. Era en ese momento una gran señora, no la loca de la regadera, como si con aquel vestido volviera a sus predios, rompiera un encantamiento. El pelo blanco, muy arreglado, contribuía a su excelente aspecto, y en eso lo estropeó todo al echarse por la cabeza un deshilachado chal de plañidera. No tiene remedio, pensó; en realidad le falta un tornillo o se le ha ido la rosca. Tan pronto Arcadia salió de la casa, se puso alerta, dispuesta a iniciar su aventura.

No fue posible de momento, porque Mini llamó por teléfono para decirle que se iba a demorar un poco y rogarle paciencia. Asintió y colgó el auricular. Después, enfriada su voluntad, volvió a la sala y se acomodó, disponiéndose a una espera indefinida, con gran proclividad a la somnolencia. Seguía siendo noviembre y anochecía temprano, de manera que tras un leve cabeceo, se encontró en la sala en penumbras y de nuevo le volvió el ánimo de satisfacer su curiosidad. Algo de silencio especial, de sueño de los objetos y las estancias, de inmensa quietud cómplice, terminó por empujarla hacia el pasillo.

Tanto la habitación de Mini como la de su madre estaban abiertas, mostrando sus interiores pulcros en la semioscuridad. La puerta cerrada del otro cuarto la guió a su objetivo. Cuando comprobó que tenía la llave pasada, volvió a considerar la posibilidad de abandonar la empresa, pero ya el llamado era muy fuerte.

Fueran caprichos inofensivos, como se inclinaba a creer, u obstinada recalcitrancia como afirmaba Mini, había una interrogante agazapada en aquella pieza y se había autodesignado jueza para dar el veredicto.

Recorrió el pasillo con la vista, miró a lo alto de la doble hoja: la falleba estaba cerrada –a cal y canto– y, de todas formas, el alto puntal la hacía inaccesible. Se dijo entonces que tal vez por la puerta lateral del baño pudiera entrar al cuarto de Arcadia.

Sus dedos temblaban ligeramente cuando sintió que el picaporte giraba dócil entre ellos y detuvo la acción asaltada por sus pruritos, sin percatarse de que la puerta ya se entreabría en forma suave y silenciosa, con una complicidad invitadora, liberando un vaho de humedad y encierro, de pesados olores entremezclados.

Todo estaba oscuro, pero se presentía el pálpito de la naturaleza, un trepar de enredaderas, el de los mil bichitos de la tierra, bajo las hojas y entre las raíces.

Se sintió sobrecogida y un poco defraudada. Entonces era cierto que Arcadia cultivaba un jardín verdadero en su habitación, contraviniendo la voluntad de quien la había albergado. Iba a fallar a favor de Mini, pero aún quiso convencerse y tanteó el interruptor eléctrico en una pared de insospechadas protuberancias y depresiones. La luz estalló en la pieza como una respuesta desafiante.

Inmovilizada, recorrió con la vista paredes, piso, muebles, sumergidos en la inofensiva arborescencia artificial de cualquier tienda de adornos domésticos. Pero, ¿de dónde brotaban los olores, la humedad, el presentido rumoreo de pequeñas alimañas, la sensación de vida que allí se manifestaba?

Estaba absorta, asomada a la coincidencia de dos mundos, uno con su temperatura, su emanación y su pulso y otro como un juego de formas y colores vacíos, incapaz de explicarse qué fuerza –¿voluntad, pensamiento?– los aunaba, los confundía.

Fue en ese momento que la puerta terminó de abrirse. Allí estaba Arcadia, tijera en mano, mirándola con tan ansioso regocijo que le arrancó un gritó.

Se apretó contra la pared y sintió la viscosidad de un tallo de manzano de material sintético que trepaba por allá. La coronita de la llave, por la parte de adentro, le revelaba que la cerradura había sido accionada por la señora de aquel reino de quieta pesadilla. Sin duda la esperaba, tal vez desde el primer día que se vieron, cuando ella tramó su plan y la anciana puso en marcha el suyo.

Cerró los ojos con la peregrina idea de ahuyentar un mal sueño, pero cuando los abrió todo seguía igual. Se sintió flaquear y dejó resbalar su cuerpo hasta quedar recostada al tronco más cercano.

No se atrevía a mirar a Arcadia, avergonzada por aquella especie de traición a su mutua simpatía y temerosa de que la tijera pasara de simple útil de jardinería a arma defensora del recinto secreto.

Cuando sintió que comenzaba a avanzar hacia ella, con la mano extendida, se estremeció pero recuperó sus reflejos y se le enfrentó para quedar más desarmada todavía.

La anciana la miraba con sus ojillos como cuentas encendidas y le alargaba un ramito de mariposas frescas, brotadas de un tallo de polietileno... La emoción le apretó la garganta porque las había atado, gentilmente, con una cintita azul, un poco desteñida.

Olor a limón

Vienen los dos de uniforme por el medio de la calle. Emeterio delante, al otro no lo conozco. Me ven cuando están frente a los escalones y se paran en seco. Emeterio se queda mirándome, el otro se quita la gorra y se pasa un pañuelo por la frente. Es algo muy malo, muy malo. Desde que me levanté lo sentí en el aire, tanto silencio y luego ellos, aquí.

−¿Iris está?

No tengo que responder. Iris entra a la cocina y va hacia la puerta con la manera de caminar de todos los días. Al abrir, sacude la cabeza para apartarse el pelo de los ojos, se recuesta al marco y se pone la mano en la cadera. Iris, el demonio. Emeterio tiene que bajar la cabeza y cuando la alza tampoco saluda.

−Necesito hablar contigo.

−Pasa.

Entran y se quedan como amontonados junto a la puerta.

−Dile a la niña que salga.

−La niña tiene doce años. ¿Qué es lo que hay?

77

La niña soy yo; empiezo a sudar y casi tiemblo de frío, y trago y trago porque no encuentro saliva con qué empujar esta bola trabada en mi garganta. Estoy clavada al piso cuando quisiera correr hacia la playa. Iris quiere que oiga lo que Emeterio vino a decirle; él, que nunca debió entrar a esta casa. En cuatro años ni siquiera se acercó a la puerta. Ésta es la casa de Aníbal.

Aníbal es el mar y una esperanza. Tiene los brazos largos y los músculos se le ven como cadenas debajo de la piel, con unas venas gordas a punto de reventar. Huele a yodo, a sal y ese olor se siente en cada rincón de esta casa.

—El que la hizo está tan loco como tú.

Eso dijo Iris, riéndose, la noche que llegamos y vimos que por la puerta de la calle se entraba a la cocina, y después al pasillo del baño y al cuarto y al final estaba la sala, con su puerta y los escalones que llevan al mar, a una fronda de arena que no debe medir más de dos metros durante la marea baja. Yo pensé que la casa estaba al revés, pero Aníbal me mostró el mar a través de la puerta abierta y me explicó que las visitas de verdad vendrían en bote hasta esos escalones.

—¿Y si el mar se traga la casa?

—Para eso está sobre pilotes. Cuando el mar suba hasta aquí, la casa flotará y nos iremos a navegar en ella.

Eso fue Aníbal desde entonces; algo bueno por pasar, una casa de madera que mira al mar, de espaldas al polvo de la calle. Mi cama la colocaron en la sala, junto a la ventana y las primeras noches me mantenía despierta el ruido de las olas, el crujir de la casa convertida en barco y los murmullos y la respiración jadeante de Aníbal más allá del tabique. Me estiraba en la cama, lamía la sal que me salpicaba los labios y sentía que él, la casa y el mar eran un animal enorme y agitado, que me mojaba y me envolvía.

Emeterio se ha sentado, el otro policía sigue de pie junto a la puerta, dándole vueltas a la gorra. No hablan por los ojos de Iris, negros y duros como piedras. Eso mismo le ocurrió a abuela el día que vino a buscarme.

—Tengo que hablar contigo.

—Habla.

Pero con los ojos Iris le corta las palabras; por eso abuela se sentó y empezó a estrujar su pañuelo. Emeterio no tiene nada en la mano, así es que aparenta mirar las tablas del piso, como si las contara. En realidad está esperando que Iris mire hacia otro lado. Abuela salió del paso más fácilmente.

–¿Me das un vaso de agua?

Abuela parecía más vieja y más bajita. Por la ventana la habíamos visto venir, escorada sobre el costado izquierdo, como un bote que arrastra el ancla. Aníbal fue el primero en verla.

–Por ahí viene tu mamá. Mejor me voy para evitar un disgusto.

Quise irme con él, pero me aguantó en la silla.

–Quédate. Tu abuela querrá verte.

Iris abrió la puerta y la esperó tiesa, sin recostarse. Iris no recibe igual a las mujeres que a los hombres. Primero pareció que abuela no se iba a atrever a entrar, y después que no podría decir su mensaje, aunque fuera un mensaje del Señor como de costumbre, pero en cuanto Iris se volvió para servirle el agua, se desprendió a hablar.

–Encontraron el bote de Aníbal mar afuera.

La voz ha salido ronca a Emeterio y se le queda como colgando, como si faltaran palabras por salir. Yo siento el grito que quiere subir arrastrando la bola de mi garganta, pero Iris me mira y no puedo gritar. Así me miró mientras escuchaba la voz de abuela.

–Tú lo apartaste de su familia. Ése es un pecado mayor que el de la lujuria. La mujer ha dicho que si él no regresa se matará. Esa sangre caerá sobre tu conciencia y serás responsable de que ese niño se quede desamparado.

Por el modo en que aprieta los labios se ve que Iris está al soltar la risa. Se ríe siempre muy alto y yo lo hago igual. Antes me daba vergüenza porque abuelo decía que era indecente. Es uno de mis recuerdos: Iris echada en un sillón, agitada por una risa que le sacaba las lágrimas y abuelo tronando frenético que una hija suya no se comportaba así, que no quería volver a verla riéndole los cuentos sucios a los machos. La cara de abuelo se iba poniendo roja como si la risa de Iris le impulsara la sangre hacia la cabeza, tanto, tanto, que reventaría en un chorro y le saldría por los ojos, la nariz, las orejas... Sentí el golpe y la risa paró; no quise mirar más, me arrastré debajo de la cama huyéndole al grito de abuelo. Años después cada vez que se me escapaba la risa, me parecía oír de nuevo: «Así sólo se ríen las putas», y me tapaba la boca, hasta el día en que Aníbal me llevó a jugar a la playa y en el justo momento en que iba a dejar de reírme, me tomó las manos y me dijo:

—Me *enamoré de Iris porque se reía así.*

—Así que se fue.

Iris habla en el mismo tono en que le respondió a abuela, y tampoco ahora se rió aunque parezca que va hacerlo. Me mira como entonces, como si me encontrara distinta, o quisiera darme a entender algo.

—*Que vaya buscando la soga si va a ahorcarse.*

Abuela se persignó espantada. En cambio, ahora Emeterio mira muy fijo a Iris.

—¿Habló de irse del país?

Iris va a la meseta y les sirve café en dos tazas. Ellos se lo toman como si estuviera bueno, pero está frío. Emeterio, el otro policía y también Iris se ven como si fueran fantasmas; el aire es gris y me pesa encima. Cuando Iris contesta se le ve mover los labios antes de que salga la voz.

—Andaba muy raro desde que recibió carta del hermano hace unos días.

Es mentira, todo es mentira. Aníbal no puede haberse ido. Sin Aníbal se caería esta casa

—*Vas a arder eternamente en el fuego del infierno.*

Toda la tristeza del mundo en la voz de abuela, toda la rabia en las palabras que Iris casi le escupió.

—*Pero hasta que me muera tengo una casa de la que no podrá sacarme nadie.*

La casa de Aníbal es de Iris. Él se la regaló la noche en que llegamos y dijo que a su mujer nunca le había gustado; por eso le construyó otra, lejos del mar, y ésta la dejó vacía, sabiendo que un día regresaría con la mujer indicada para vivirla. Iris lo abrazó y lo besó en la boca y yo me fui de la cocina. A Iris no le gusta que mire cuando ella está con un hombre. Me sentí feliz porque teníamos una casa y no aquel cuarto donde nos había metido Emeterio.

Cada casa tiene sus olores y sus sonidos. La de abuelo olía a cebollas y café y por la mañana me despertaba la tos y el carraspeo en el cuarto de al lado. Abuelo era tos, café y un tabaco entre los dientes; abuela, un delantal y muchos rezos, de rodillas ante el Sagrado Corazón. La tarde que abuelo botó a Iris de la casa, abuela se puso a rezar de carretilla, abrazándome tan fuerte que no me dejaba mover. Yo me quedé lela cuando una maleta salió volando por la puerta del cuarto y cayó en la sala, delante de Iris, y abuelo lanzó el último grito de condena:

–*No te quiero ni un día más en mi casa*

Iris levantó la barbilla, retándolo.

–*Mientras anduve con blancos no te importaba, pero como éste es negro...*

Abuela me soltó y corrió a meterse en el medio, por eso abuelo salió gritando que no quería ver ni el polvo de Iris cuando él regresara.

–*Dame la niña. Ella es inocente.*

La voz resuena en la cocina como si fuera aquel día. Sentí miedo entonces. Adónde debía haber ido a buscarme era al cuarto de Emeterio, siempre lleno de olor a polvo y humedad, de los pleitos y gritos de las vecinas...

–*Tú mamá es la querida de un negro. Se piensa que es algo por ser querida de un policía.*

Yo hubiera regresado contenta entonces, aunque tuviese que ir al templo todos los domingos. El templo me gustaba por los cantos, pero a la vez me daba miedo, porque abuela parecía otra persona, hasta gemía y le daban convulsiones a veces. Pero al cuarto de Emeterio no fue nunca abuela. Y ahora él está aquí, después de cuatro años en que sólo me lo topé por la calle, al ir o venir de la escuela. Un día se quedó mirándome y lo saludé.

–*¿Tu mamá cómo está?*

–*Iris está bien.*

Claro que estábamos bien, las dos, con Aníbal, en su casa barco de madera, donde olía a sal, a yodo y a limón.

Iris tira un sobre en la mesa. Le han cortado los sellos con tijeras y cuando Emeterio lo abre se ve que está vacío.

—¿Dónde está la carta?

—No sé. No me la enseñó.

Si al menos pudiera llorar... La cara me arde y no sé si es por el esfuerzo de aguantar el llanto, o por los ojos de Iris pegados a mí como carbones encendidos.

—*Dame la niña. Ella es inocente.*

Que hable ahora Emeterio para que Iris tenga que volverse. No soporto más. Quiero correr y meterme en el mar para gritar el nombre de Aníbal.

—¿A qué hora salió de la casa?

—A las ocho, después de comida. No vino a dormir.

Iris lo ha dicho muy seria, con una voz bajita que parece la de abuela, pero a Emeterio no le extraña, no se da cuenta de nada, ni siquiera del rato que hace que Iris me está mirando fijo. A él todo le parece bien, porque se echa hacia atrás en la silla y la cara se le afloja. Le dice al otro policía que vaya al muelle, a preguntar si alguien vio a Aníbal sacar el bote anoche. Y es abuela la que se inclina sobre la mesa como entonces.

—*No pensarás parirle un hijo. Que Dios te libre.*

Aníbal quería tener más hijos. Iris nunca quiso ninguno. Lo sé. Lo mismo en el cuarto de Emeterio que en esta casa siempre he dormido muy cerca de su cama. Mientras tiene el hombre encima Iris se calla, ni respirar se le siente. En cambio, le gusta conversar cuando están uno junto al otro, y cree que ya me dormí. Por eso sé y porque abuela me enseñaba las fotos de la boda.

—*Mira, éste es tu papá*

Sólo que olvidé el aspecto que tenía, porque Iris no se llevó el álbum cuando nos fuimos de la casa. Apenas me queda la impresión de un muchachito flaco con aire asustado. Iris en cambio, se veía mujer con sus quince años. Yo también estoy en la foto, aunque eso nunca me lo dijo abuela. Sé que estoy ahí, en la barriga de Iris, obligándola a decir que sí y a firmar. Cuando me parió estuvo tres días sin tocarme, sin mirarme siquiera; al tercer día se levantó y me puso al pecho porque pensó que se volvería loca de tanto oírme llorar. Yo sé, aunque eso no me lo ha dicho nadie, que Iris esperaba que me muriera en esos días, me odiaba y odiaba al abuelo por haberla forzado a casarse y a parir. Lo que no entendía bien fue por qué me llevó cuando se fue de la casa.

–*Dame la niña. Ella es inocente.*

Emeterio se anima cuando se va el otro policía. Su voz suena distinta.

–¿Ustedes tenían problemas?

Iris sonríe burlona como entonces, dura otra vez.

–*¿Tú no dices que es decisión del Señor si debe o no nacer una criatura?*

–Ese hombre sólo da hijos anormales.

Aníbal decía que era culpa de su mujer. Me lo dijo una tarde en la playa. No quiso tener más hijos por eso; pero con Iris lo deseaba.

–*Si con sólo quince años te pudo tener a ti, tan linda, ¿qué no me dará a mí ahora?*

Eso fue hace mucho tiempo, cuando Aníbal sólo era el mar. Meses estuvo hablando de los hijos que quería. Después ya no lo hizo más. Iris le dijo que no podía, que se había esterilizado hacía años. No sé si eso era verdad. Iris sabe mentir sin que se note. A lo mejor estaba mintiendo al responderle a Emeterio:

–No era de mí de quien estaba descontento.

El sol me da en la espalda, dibuja mi sombra en la mesa, como una mancha que cubre las tazas de café.

–¿Tú esperas que él te mande a buscar?

El aire me llena de repente y el nudo se desata en mi garganta. Me doy cuenta de que la vejiga me pincha y hasta aprieto las rodillas por miedo a orinarme aquí de pie.

–*Mi hija se queda conmigo.*

—*¿Qué va a ser de ella cuando crezca?*

Toda la tristeza del mundo en la voz de abuela.

—*¿Y no fuiste tú quien me crió a mí?*

No es eso lo que Iris dice. No lo oigo pero no importa, porque Emeterio sonríe y los dientes le brillan muy blancos. Corro al baño y cierro la puerta de golpe. El chorro de orine cae y cae sin parar mientras yo miro la camisa de Aníbal colgada del clavo y las botas, como siempre, en el travesaño.

Aníbal andaba por la casa en camiseta. Al entrar se quitaba la camisa, la colgaba y se dejaba caer en una de las sillas. El pelo oscuro del pecho se le asomaba por encima, las venas del cuello casi tan salientes como las de los brazos. Yo le lavaba las camisas y las camisetas; las olía antes de echarlas en el agua. Me gustaba ver cómo se las quitaba, cómo la tela subía y aparecía la espalda ancha, quemada por el sol y el salitre. Una vez me puse una de esas camisetas. Me miré en el espejo de la cómoda. Me quedaba enorme; por delante se me veía hasta el lunar que tengo en el medio del pecho, justo entre los senos que ya se me empezaban a marcar bajo la tela. Me miraba en el espejo y pensaba que Aníbal tenía razón; iba a ser tan linda como Iris. Entonces oí abrirse la puerta de la cocina.

—*Dame la niña. Ella es inocente.*

Iris sigue sentada frente a Emeterio. El sol da de lleno sobre la mesa pero ya las tazas no están ahí.

—Te avisaré si averiguamos algo.

—No me importa.

Iris vuelve a mirarme, ahora tranquila.

—Yo olvido enseguida a quien me deja. Del padre de ésta no recuerdo ni el nombre.

Emeterio se pone de pie. Es muy alto. Las cosas que más me llamaron la atención en él, cuando empecé a vivir en el cuarto, fueron lo amarillo de sus ojos, lo pequeño de las orejas y la nariz grande y chata. Sólo me fijé en su cara; el cuerpo nunca me importó.

—Si en algo te puedo ayudar, avísame.

Y es abuela quien está frente a la puerta, alargando el pie para ponerlo en el primer escalón.

—*Si cambias de opinión, avísame.*

La puerta se cierra detrás del uniforme. La cocina se ve grande y abandonada.

Iris se levanta y vuelve las sillas a su lugar. No me mira, tiene los hombros apretados, la boca lista para responder, pero no me atrevo a preguntar.

—*Mi hija se queda conmigo.*

Cruzo la casa corriendo y me meto en el mar, ahora nadie se extrañará al verme los ojos. Trato de nadar y no avanzo, entonces me doy cuenta de que estoy con ropa. Salgo del agua y me dejo caer debajo de los escalones, en la arena pesada, gris, cubierta de sargazos. Mi lugar secreto.

En la casa hay un gran silencio. Iris duerme, como siempre, bocabajo, el pelo en la cara, el brazo derecho sobre la almohada que ha colocado en el lugar de Aníbal. ¿Cuántas veces la vi dormir así, con el brazo sobre la espalda de él? Un día yo también podría hacerlo. Son las once de la mañana pero Iris duerme como si fuera medianoche, así que no va a sentirme abrir el armario para ver la ropa de Aníbal, las camisas que ya no tendré que lavar, los zapatos alineados en el piso. Todo está ahí, no se llevó nada. Cuando nos fuimos del cuarto de Emeterio, Iris acomodó sobre la cama todas las ropas, los adornos, todo lo que Emeterio le había regalado.

—*¿Por qué las dejas?*

—*No está bien que use con otro lo que él me dio.*

Aníbal nos regaló esta casa. Aquí no podrá entrar nunca otro hombre. En el baño me quito la ropa mojada, cojo la toalla de Aníbal y me seco muy despacio. Me encaramo en la banqueta y saco medio cuerpo afuera para colgar la ropa en el cordel, pero primero tengo que apartar la trusa negra de Iris que se mece con el aire. Al salir se han secado en la madera las marcas de mis pies mojados.

El Señor siempre ha estado con abuela. Excepto cuando tuvo a Iris. Tal vez cometió un pecado al ponerle ese nombre tomado de una novela. A Iris nunca le gustó rezar; le sacaba la lengua al pastor en el templo. A los diez años la sorprendieron con un novio en la escuela. Iris, el demonio. Por andar en pandilla con los varones, tiene una cicatriz en la rodilla y otra en la cabeza. Ha sido la mujer de muchos hombres: con Emeterio estuvo casi tres años, con Aníbal más de cuatro. Son los que más le han durado. Cuando tiene al hombre encima se calla.

–*Yo no me entrego. Acepto al hombre que me gusta. Es distinto.*

Al principio no me importaba cómo era. Después quise parecerme a ella.

–*Como tu mamá hay pocas mujeres.*

Pero algo le funciona mal. Ningún hombre le dura. Ni siquiera uno bueno, como Aníbal. Eso fue lo primero que dijo abuela el día que vino a buscarme.

–*Cuando me lo contaron no lo pude creer. Me dijeron que estabas viviendo aquí y tampoco lo creía. No es para ti. Es un hombre que se ocupa de su casa y de su hijo.*

Aníbal descubrió mi escondite porque vio un bulto debajo de los escalones.

–*Pensé que era un perro.*

Se arrodilló a mi lado y me mostró el cartucho con limones. Eran grandes, de un verde tierno, y desprendían un aroma tan fuerte que taparon el olor del mar. Aníbal preguntó si Iris estaba en casa. Luego me puso un limón bajo la nariz.

–*¿Te gusta?*

Lo fue pasando flojito sobre mis labios, mi barbilla; bajó por el cuello hasta el pecho y lo acomodó en el borde la trusa, entre los senos.

–*A mí me gustan tus limoncitos. Son lindos. ¿Verdad que los puedo tocar?*

Sus manos eran duras y calientes. Sólo tocó mis pechos sin apretarlos. Sentí una angustia muy grande, un deseo de que aquello no hubiese sucedido nunca, o no terminara jamás. El piso crujió encima de nosotros, él retiró las manos sin prisa. Cerré los ojos y al abrirlos estaba sola, en medio del olor a limón.

Por encima del plato, Iris me mira. Me da rabia sentir

hambre; no debiera comer más hasta que él regrese. Porque va a regresar.

—Déjate de boberías y come.

Le hago caso. Siempre lo he hecho. Iris tiene ese poder sobre mí, me domina sin golpes y sin castigos porque me adivina los pensamientos. No sólo a mí. También a mis abuelos y a Emeterio.

—*Son cosas del demonio.*

La voz de abuela llega de muy lejos, llena de miedo.

—*No quiere que te bautice.*

Yo le conté a Aníbal que no iba a poder entrar al cielo cuando muriera porque no estaba bautizada. Él me llevó al mar y me echó agua en la frente. Luego, de vuelta en la casa, me paró frente al espejo para que viera que no me había quedado ninguna marca.

—*Dios debe saber distinguir los buenos de los malos por un medio más seguro.*

Eso fue al principio, cuando Aníbal era sólo el mar.

Es una gran caja de cartón que ocupa todo el centro de la cama. Iris dobla con mucho cuidado las ropas antes de guardarlas. Me horroriza verla hacer eso. Iris tapa la ropa con la hamaca en la que Aníbal dormía la siesta y encima pone los zapatos.

—Son para esa mujer. Que las venda y aproveche el dinero para el hijo.

Si pudiera, gritaría que no puede ser, que cuando Aníbal regrese todo tiene que estar ahí, esperándolo.

—Olvídate de Aníbal.

Si cierro los ojos ella no va a poder seguir adivinándome el pensamiento. Ésta ya no es la casa de Aníbal; el mar no se la llevará nunca porque Iris encontrará el modo de sujetarla a la tierra. Le dará órdenes al mar, como me las dio a mí para que le trajera las botas del baño. Las pone junto con lo demás; hay algo de entierro en ese meter todas, absolutamente todas las cosas de un hombre en una caja. Mientras pregunto me sorprende más el susto en los ojos de Iris, que el hecho de estar pensando en voz alta:

—¿Por qué Aníbal se fue descalzo?

La marea está alta y las olas vienen a lamer casi el primer escalón, la espuma brilla en la oscuridad, pero no da deseos de mirarla. Iris regresó sin la caja y con un aspecto de cansancio que es lo más parecido a la tristeza que yo he visto en ella. No la ayudé, ni siquiera recogí los platos de la mesa. Total, nada peor puede pasar.

Se ha parado detrás de mí y tal vez mira también el mar. Iris nunca ha hecho eso. Cuando bajaba a la playa de noche con Aníbal se iban a caminar, a bañarse. Nunca se sentaron en los escalones. Eso sólo lo hacía él conmigo. Si ahora ha venido es para decirme algo; no habla porque está buscando la manera de decirlo. Si la mirara vería en su cara la misma expresión con que trataba de recordar los cuentos infantiles cuando yo se los pedía. Era muy buena contando cuentos, porque los animaba con distintas voces y hasta con mímica. Fueron los únicos ratos felices en el cuarto de Emeterio. Antes, en la casa de abuelo, Iris no me hacía cuentos. Todas las noches abuela se encargaba de contarme historias de Jesús. Recuerdo muy bien todavía las bodas de Canaán, la resurrección de Lázaro. Pero me gustaban más los cuentos de hadas, de príncipes, de ratones ahogados en cazuelas...

—Siempre soñé con irme a La Habana. Con bailar y cantar en un cabaret. Me veía vestida con una trusa de lamé y lentejuelas y una gran cola de vuelos. Cada vez que me encontraban bailando rumba, mamá me ponía a rezar.

La voz de Iris suena distinta, más baja y como triste. Tengo deseos de mirarla, pero me aguanto, porque eso equivaldría casi a un perdón y no quiero.

—Me gustaría poder soñar todavía.

Baja los escalones hasta la arena. Se agacha y recoge un sargazo. Sin volverse a mirarme, comienza a reventar las burbujas con las uñas. Comprendo que ahora podría llorar, que Iris no sólo me lo permitiría, sino tal vez hasta lo agradeciera. Pero tengo los ojos secos. Preparo mi respuesta porque al fin va a decirlo.

—Pensé que me quería, que era el hombre que estaba buscando.

Me pongo de pie y grito, grito para que el mar y todos me oigan.

–Aníbal era fuerte y era bueno. Era maravilloso.

Iris sonríe y lanza el sargazo al mar. Sube despacio hasta quedar frente a mí.

–Nosotras lo veíamos así. En realidad era un tipo como otro cualquiera.

Un viento fino me sacude de pronto. Algo se me rompe adentro y duele, duele tanto que tengo que llorar, doblada, temblando. Iris me abraza y la dejo hacerlo, no logro dominar este cuerpo que salta y se agita como si no fuera mío. Consigo repetir entre sollozos que Aníbal era bueno.

–Claro que sí, sólo que él quería una hija y tú no eras su hija; tú necesitabas un padre y él no era más que un hombre.

El llanto y los temblores van pasando. Es extraño lo mucho que Iris se parece a abuela, ahora que se le ven los ojos dulces y tranquilos. Me suelta y doy un paso atrás para topar con la baranda. La cara de Iris vuelve a ser la de siempre.

–Lo que importa es que tú y yo estamos juntas.

Entra en la casa y las tablas crujen obedientes a su paso. La casa le pertenece a Iris. Yo también. La espuma salpica el primer escalón y hay algo humilde y suplicante en esa ola que no se atreve a golpear la madera. El mar perdió y Aníbal con él. Ese bote vacío a la deriva es la imagen de la derrota, del desamparo.

Apoyo la cabeza en el marco de la puerta y cierro los ojos. En toda la casa se siente el olor a limón.

Los convidados

Soplaba un viento oloroso a pescado y brea cuando el puente levadizo de la Real Fuerza resonó bajo las botas del regidor Sotolongo. Una a una se fueron abriendo las puertas tras su paso. Sotolongo era el sobrestante de las Murallas. Su construcción avanzaba lentamente debido a que los situados de México casi nunca llegaban, razón por la cual el Teniente Gobernador de la Isla le había asignado también la responsabilidad del orden interior. Contrariado entró Sotolongo en el despacho de su Señoría, quien le impuso una delicada misión: localizar al caballero don Juan y hacerlo desaparecer de la manera que el señor Regidor entendiera conveniente. El tal don Juan era un probado seductor y había incurrido en el error de asaltar el lecho de la hija de un dignatario de paso por la villa de San Cristóbal de la Habana. El regidor Sotolongo grabó en silencio los detalles que su señoría le indicó y, después de escoger a dos de sus mejores concejales, salió rumbo a la casa de Mercaderes donde se hospedaba la doncella. Ningún interés tenía el Regidor por dicho caso, su verdadera vocación estaba entre la piedra de cantería y la argamasa; le gustaba dirigir el trabajo de los alarifes y gozaba con cada palmo alzado con maestría; Sotolongo recordaba además, con tristeza, el último ataque de los filibusteros y estaba convencido de que aquella obra sería un bastión inexpugnable. Con desgano cumplía la misión encargada, dejando en manos de los concejales la entrevista al jefe de la familia agraviada y el diálogo con la joven seducida. Hastiado, salió a coger aire al portal sumiéndose en los sueños que le provocaban las narraciones de Marco Polo sobre la Gran Muralla China. Imbuido en esas visiones estaba cuando se le apareció un monje de capucha alzada que lo invitó a seguirlo hasta un colgadizo cercano. El monje, que parecía estar muy bien informado de todo lo ocurrido la noche anterior en la casa de Mercaderes, lo alertó con palabras temblorosas para que abandonara la misión que le habían encomendado, alegando que el caso de don Juan estaba vinculado a los poderes de Lucifer. Los ojos del capuchino se ensombrecían e iluminaban por momentos. El Regidor observó los pómulos salientes y los ojillos de avispa del presunto franciscano, su cuello famélico y los dientes cariados y amarillentos. El Regidor se dio cuenta de que aquel hombre sufría mucho y comenzó a interesarse. El franciscano poseía un verbo poderoso y una clara inteligencia, aunque a veces mezclara cosas tan disímiles como la trata de esclavos, los coros de ángeles y el comercio de contrabando, pero con evidente dominio de los temas, notando el señor Regidor que llevaba muchos años en la villa. Sustraído por el encanto y la sorpresa que las palabras del capuchino levantaban en su espíritu, no se percató de que la mañana terminaba. El monje se unció la capucha aún más y se despidió precipitadamente ante la llegada de los concejales. La doncella había confesado el sitio donde se escondía el tal don Juan. El sol estaba en su cenit y ya el Regidor pensaba en el aroma de la olla donde su mujer había vertido un cochino adobado con esencias traídas del Oriente. Despidió a los concejales, citándolos para el día siguiente al amanecer, en la puerta de la Muralla, listos para cumplir la orden del Teniente Gobernador. Sotolongo dobló por la calle de la Obra Pía y allí estaba esperándolo nuevamente el franciscano; su rostro hervía en fiebres y parecía más cansado, como si un enorme peso hubiera caído sobre sus hombros. El monje le hizo un gesto para que entrara al hospicio. Un mendigo dormía en un rincón y los niños y las monjitas almorzaban en el piso alto. El capuchino lo condujo a una habitación del fondo donde se sentaron frente a frente. El sitio era oscuro y húmedo, y el monje tuvo que encender una lámpara dejando la cabeza libre de la capucha. El Regidor pudo ver al fin con toda precisión el rizado de sus cabellos encanecidos. El monje tendió una carta amarillenta y sucia donde leyó:

Al Conde-Duque
Ministro de su Majestad

Señor, en espera del carruaje que me llevará al puerto para tomar la nave hacia la Nueva España, donde quiera Dios pueda pagar mis culpas y encuentre alivio a la desesperación de mi conciencia, le escribo. Deseo contarle en detalle sobre los hechos que nos incumben y declaran culpables y doblemente a la mirada de Dios. Ahora, en la soledad de mi aposento, es que logro darle tamaño a mi aborrecible condición, tan baja y degradante como la del ganapán que contraté y tanto o más que la de usted, quien no por estar a la sombra, pesa menos en esta historia. Ocasiones hubo en que pude ser involucrado a destino semejante, pero mi buena estrella me guiaba hacia misiones menores: sobornos, intrigas o pequeñas especulaciones de un aprendiz de buhonero. Pero, esto, ay Señor, nunca; los oídos debieron tapiárseme cuando dejaste caer las primeras palabras, yo estaba en una crisis profunda, odiaba cuanto tenía que ver con el exotismo, enamorado estuve y mucho de Carmela, aún recuerdo con rabia el placer de sus ojos cuando la sorprendí con aquel Correo Mayor de su Majestad, el tal don Juan que usted odiaba por mandato mayor y lealtad al rey. Cuánta falsía, Señor, y pensar que el tal don Juan se las daba de Grande de España, el muy canalla se aprovechaba de las inconstancias del rey con sus amantes, sabido es que su Majestad padece de ese mal ambiguo que es el tedio, Señor, yo, en una escala menor, también lo he sufrido, aunque algunos aseguren que lo de su Majestad es el mal del poder...

Y con todo respeto, Señor, ¿se ha fijado en los ojos de su Majestad, en esa mirada perdida que me recuerda el popular romancillo del ingenioso Lope?... /Pobre barquilla mía entre peñascos rota/sin velas desvelada/y entre las olas sola/. Ay, Señor, qué frío, al menos yo, cuando me sentía mal, me iba a los lupanares a compartir el vino y las mujeres, sin ese peso que el sentimiento de propiedad arrolla en quien lo posee, porque Patere quam ipse fecisti legan, sufre la ley que tú mismo hiciste, sentencia que Fray Tirso me recordó sin prevaricación alguna, Señor, sabido es de todos la lealtad de dicho mercedario a su Majestad. Por cierto que fue Fray Tirso mi único consuelo en esos meses en que enloquecido anidé rencores y crueles venganzas. En ese estado me encontraba, Señor, y en vez de apartar en mí el odio, como sí lo hacía Fray Tirso, abriste más mis heridas inculcándome el veneno que hoy trataré de purgar allende los mares. ¡Y pensar que Fray Tirso quiso convencerme con dulces palabras, advirtiéndome que las culpas de don Juan sólo Dios podía cobrarlas y que la venganza era cosa del demonio! Fue él quien me prestó Magia naturalis sive de miraculis rerum naturalism de Juan Bautista de la Porta. Días enteros estuve recluido en el convento de la Merced, de donde logró Fray Tirso hacerme pasar del confesionario a su cátedra privada; fueron largas las caminatas por los pasillos tenebristas de Nuestra Señora de la Merced, allí pude entender con más claridad el juego de los claroscuros de Zurbarán y la mirada plebeya de las vírgenes de Murillo, aquellos pasillos me dieron la clave de las sombras tan sutiles como el encantamiento que don Juan posee en todo lo que toca. Sí, salí reconfortado. Señor, hasta que usted llegó de nuevo con sus sofismas y yo bebí el licor de la alquimia, pasando de mi gusto por la magia, natural (influencia de Fray Tirso) a la magia negra, con la que fragüé, la eliminación de don Juan, apoyándome por supuesto en un plano del convento donde noviciaba doña Inés y trabajaba de labriego el ganapán; por cierto, a éste le fijé un pago de treinta piezas de plata. Señor, ¿se da cuenta?, ahora es que me impongo de esa cifra, treinta piezas de plata, lo mismo que los legionarios hicieron sonar en la palma de Judas Iscariote. Por ese entonces decidí el viaje a Florencia en busca de unos manuscritos inéditos de Juan Bautista de la Porta que Fray Tirso me había indicado al vuelo en sus charlas crepusculares, sólo interrumpidas por el toque de vísperas, dichos papeles resultarían un complementario sobre el análisis de los poderes luciferinos. Fue en vano, los herederos del filósofo se habían mudado, tal vez para Nápoles, su lugar de origen, tal vez para Roma. Desalentado caminé hasta la plaza de la Señoría, la cúpula de Santa María del Fiore se erguía desafiante y la sombra de su Campanille se proyectaba sobre el Palazzo Vecchio; hundido en profundas reflexiones no me di cuenta de que estaba a unos pasos del David, Il Gigante de Buonarroti. Atraído por una fuerza muy grande, levanté los ojos, qué hermosura, Señor. Creo que me desmayé, pues más tarde aparecí en mi cuarto de la hostería, frío y con una jaqueca que no me dejaba abrir los ojos. Al día siguiente, salí apremiado de la ciudad, la visión del David no se me borraba ni un instante, ansioso subí a mi cuarto y busqué en el libro de magia negra que usted me prestó y leí: el demonio tiene la propiedad de transmutarse según su deseo. La verdad, o lo que yo creía como tal, me bailaba en los ojos, mi furia contra Epicuro creció al doble y caí en una metafísica de la que aún no he salido. Llegué hasta negar la posibilidad del movimiento de los cuerpos, movimiento que vela como una ilusión provocada por Lucifer. Entonces completé la investigación acerca de don Juan. Recuerdo el roce de las telas contra las piedras, el sonido casi lujuriante de su espada, sus estocadas de un sadismo erógeno que aun a mi pesar repito con insistencia. Releyendo a De la Porta en sus elucubraciones sobre la magia diabólica, comprendí que don Juan estaba o debía estar poseído por algún espíritu inmundo que lo

94

revestía, eso sí, de una envoltura atrayente y perfecta, ¿no es acaso así la estatua que en homenaje al rey David esculpió Miguel Ángel Buonarroti, Señor? Usted, que es amante de las bellas artes, ¿ha visto bien esa escultura?, es él, su Señoría, no cabe la menor duda, por eso reflexionando de vuelta de mi viaje a Florencia, comprendí que aquella leyenda que usted me había impuesto acerca del convite que el tal don Juan hiciese a la estatua de don Gonzalo, el padre de una doncella seducida, es cierta, Señor, rigurosamente. Dirá que estoy loco, no, nada de eso, ¿quién sino una estatua puede convidar a otra? Reflexione, le aseguro que estuve analizando los hechos en todos sus detalles, sé que me van a acusar de nigromante, pero usted, que conoce de magia, lo va a entender, fíjese en las facciones, en la fuerza del cuello, en la suavidad de las líneas de la espalda. Señor, bien se sabe que David cometió grandes pecados de lujuria por el asunto de Bath-sheba, la hija de Eliam y esposa de Uría Hetheo; David, Señor, mandó a Uría a morir en las primeras filas de combate contra los hijos de Ammón y gozó de ella delante de los ojos de Jehová. Pienso, Señor, que ese David estaba encarnado en el Correo Mayor, donde se detuvo desde sabe Dios cuándo, porque según me han dicho, el tal don Juan no envejece, cosa que no me negaréis, es del demonio. ¿Y el caso del ganapán? Ay, torpe de mí. Me fié de un jorobado incompetente que acribilló de puñaladas a don Juan cuando cegado por la luz de aquella revelación salí corriendo por los pasillos hasta ganar el patio y la puerta trasera. El obtuso jorobado al parecer resbaló con la sangre del burlador y cayó de bruces en medio del aposento; así lo encontraron el guarda y la abadesa, sumido en un charco de sangre y baba. Le juro que ni una palabra sabe el ganapán de nuestra cofradía y mucho menos de las implicaciones de nuestra Majestad. Le devuelvo con su secretario la escarcela repleta de doblones que generosamente me envió, creo que debo expiar mis culpas en la mayor pobreza, sólo el ayuno y la abstinencia podrán sanar mis heridas y la honda conturbación de mi espíritu. Pero quiero contarle los últimos instantes de esta historia, así podré sacarme un poco el humo de ese brebaje diabólico que arde con la fuerza de sus encantamientos. Fraguado ya el plan en todos sus detalles, decidí con el ganapán, el día, la hora y el arma a utilizar, una jambiya que un mercenario berberisco me había regalado en una de esas misiones menores que usted me encomendó y de donde regresaba a veces con fiebres o acribillado de pústulas, pero con la alegría de haber gozado intensas bacanales; la jambiya es un arma común por estos lares, a pesar de su exotismo, y muy eficaz y bella, sus suaves líneas me recuerdan las espaldas de don Juan, sus glúteos rosados y perfectos; no lo niego, me hubiera gustado darle un tajo allí a ese burlador para ver la calidad de su sangre. Ya todo en regla, salí de casa antes del toque de completas, con un vestuario de capuchino que me facilitó el ganapán. La noche era espléndida y Venus refulgía (me pareció así) más que nunca; sigilosamente entré en el convento por la puerta trasera, donde me esperaba el ganapán. En ese momento sonó la primera campanada del toque de completas y tuvimos que escondernos en la carbonera. Las novicias avanzaban en fila hacia el centro del patio portando cada una un largo cirio encendido. Llegué a contar más de treinta, muy jóvenes y al parecer hermosas. La escasa luz de los cirios apenas dejaba vislumbrar sus rostros. La madre abadesa llegó de última e hizo cerrar el círculo a su alrededor, levantó los ojos al cielo y comenzó el sermón con voz temblorosa, invocando al Altísimo protección contra las tentaciones de la carne; estoy casi seguro, Señor, de que la madre abadesa sospechaba de alguna de sus pupilas, el fervor con que hablaba acerca de las debilidades de la carne así lo confirmaba. Largo rato duró aquella homilía, algo desacostumbrado según me sopló al oído el ganapán. La abadesa concluyó sus palabras con un suspiro y pidió a las novicias que repitieran con ella los versículos diez y once de Samuel, ésos que tratan, Señor, acerca del pecado de David en el asunto de Uría Hetheo, ¿se da cuenta, Señor, de cuán terrible coincidencia? Las novicias se movían con torpeza y soportaban nerviosas y adoloridas las salpicaduras de cera caliente. Teminó la abadesa y haciendo la señal de la cruz se retiró la primera, seguida con premura de las jóvenes que mal disimulaban su alegría por el final. Entonces me di cuenta de que la última era su dulce Inés, Señor, y cometí la imprudencia de asomarme sin miramientos para ver su rostro, qué belleza, y perdone mi atrevimiento, su hija parecía una de esas madonnas que pintó Rafael Santi. El ganapán y yo caminamos silenciosos detrás de las novicias, cuidando de no tropezar con las pocas imágenes que montan guardia en los pasillos. Yo memorizaba cada detalle del plano que el ganapán me había facilitado y éste con seguridad veía perfectamente con sus ojos de gato montés, pues me sacaba unas cuatro varas. Al fin ganamos el último piso, donde nos cobijamos en un nicho vacío al lado de la escalera. Esa mañana el ganapán había bajado la imagen de la Inmaculada por indicaciones mías, después de haber convencido a la abadesa que era menester lavarla con agua caliente ya que las moscas la habían acribillado de feos lunares de caca. Desde allí podíamos esperar, sin ser vistos, la llegada de don Juan.

Era la media noche cuando el ganapán me afincó el codo contra las costillas, costumbre propia de un garañón mal nacido como ese apestoso jorobado. El tal don Juan avanzó con el paso felino hasta la celda de doña Inés y se deslizó sin hacer el más mínimo ruido. Dice De la Porta en su manual que las mañas luciferinas son una copia de los movimientos del gato de Tebas al que los egipcios dedicaron un culto esotérico. Y así las cosas, Señor, el ganapán y yo hicimos lo mismo. Conocido es de todos la estructura de las celdas conventuales: un cubículo aislado por una suerte de mampara cubierta de visillos. Don Juan ya había pasado al otro lado y *abrazaba gustoso el cuerpo de la doncella. El ganapán y yo nos apostamos tras los visillos y desde allí observamos la escena. Don Juan la estuvo acariciando y besando un largo rato y diciéndole cosillas al oído, que en verdad, se veía eran del gusto de doña Inés, luego se fue quitando las ropas hasta dejar descubierto su hermoso cuerpo. En ese instante corroboré su total semejanza con el David. Conocido es de todos que Buonarroti levantó la estatua en un ataque de furia contra el Papa. En ese momento el artista simpatizaba con los republicanos y hacía pública ostentación de sus ideas. Pienso que eso pudo haber provocado la encarnación del demonio en esa estatua y su transmutación posterior al cuerpo de don Juan. Bien, ya completamente desnudo, don Juan empezó a desvestir a doña Inés que daba unos suspiros como de angustia o disnea, Señor, entonces fue que el burlador abrió las piernas de la doncella y la poseyó. El ganapán y yo nos colocamos en posición más ventajosa a tal suerte que no perdiéramos ni un solo detalle; doña Inés gemía como el órgano de Fray Tirso y en su rostro, alumbrado por la tenue luz del cirio, apareció algo pálido y bello que se asomó en sus ojos mansos e irreales con una luz que parecía venir de otro mundo, una luz que bajó por todo su cuerpo y alumbró la estancia. Entonces vi las alas transparentes que le habían nacido en los costados. Nervioso busqué a tientas al ganapán pero no estaba, cuando volví a mirar ya avanzaba con la jambiya y la descargaba con toda su fuerza sobre el cuerpo del burlador. Salí despavorido. Los gritos de doña Inés retumbaron en la bóveda celeste y se repitieron en la escalera y pasillos. Cuando gané la puerta trasera, ya todo el convento gritaba o corría. En la esquina paré a coger aire y miré para atrás, un cerdo blanco y rollizo salía por la puerta trasera a toda velocidad. Entré a mi casa muy conturbado y preparé los baúles tal y como habíamos acordado. La Santa Lucía zarpará al amanecer y no me queda mucho tiempo. Cuide de los míos, no deje que nadie se aproveche de asunto tan delicado. Ya el cochero me hace señas y en la chimenea arden los libros de magia negra. Dios quiera que logre recuperarme, rogaré también por usted y su Majestad.*

Barón de Casa Mayor

El regidor Sotolongo dobló la carta y buscó los ojos del barón de Casa Mayor que sufría, en ese momento, de un repentino ataque de asma. La luz de la lámpara iluminaba su rostro que tomó una tonalidad azulosa. Sotolongo se levantó, ayudó al enfermo con algunos ejercicios y fue a abrir la ventana, pero el otro con un gesto lo detuvo, y como si de repente la enfermedad hubiera cesado, se levantó con presteza y comenzó una plática acerca de los poderes del demonio y de su amistad con Fray Tirso que le enseñó sus mañas de exorcista. Luego habló del destino de los cuatro implicados en el caso de don Juan, advirtiéndole que sólo él había sobrevivido al hechizo que aquella noche se presentó de manera angélica en la celda de doña Inés y que desembocó en la muerte a garrote del jorobado, el apuñalamiento del Conde-Duque a manos de unos desconocidos, y en la muerte de su Majestad debido a unas fiebres exóticas que lo mantuvieron delirando varias semanas. Casa Mayor le explicó a Sotolongo que quizás su arrepentimiento verdadero y su condición de traicionado, le habían atenuado las culpas a los ojos de Dios. Y le contó cómo el Conde-Duque incumplió su promesa de embarcarlo en la *Santa Lucía*, ordenándole a su secretario (que lo empujó dentro del coche cuando trataba de entregarle la carta) que lo enrolara en un bergantín de la Armada Invencible para que perdiera el pellejo combatiendo en las costas de la Florida, de donde se fugó en una barcaza hasta la villa de San Cristóbal de la Habana.

El regidor Sotolongo no quitaba sus ojos del rostro del barón que lentamente se había tranquilizado hasta tomar una expresión de placidez que le recordaba a San Francisco de Asís. La voz del Bueno se hizo apenas un susurro cuando le preguntó si creía en las bondades de Dios. En ese momento el regidor Sotolongo se dio cuenta de que la habitación estaba completamente iluminada. El Bueno caminó con paso seguro hasta un infiernillo que estaba al fondo y lo encendió, y, con voz rajada por la emoción, comenzó a decir el Salmo 141 de David... /*Pon oh Jehová, guarda a mi boca/ guarda la puerta de mis labios/ no dejes se incline mi corazón a cosa mala...*/. El regidor Sotolongo se levantó y fue despojándose de los atributos que portaba: el grado de Alférez, la Cruz de Mérito, y el Sable, mientras repetía en voz baja el salmo. El Bueno dejó caer la carta sobre los carbones encendidos hasta verla reducida a cenizas. ¡*Vade Retro*! dijo persignándose. Sotolongo se dejó caer en el asiento y suspiró aliviado. Luego se pusieron a conversar sobre la orden de los mendicantes hasta que los sorprendió el toque de vísperas. Sotolongo se puso el hábito de capuchino que el Bueno le tendió con afecto y salieron silenciosos, no sin antes comprobar que la puerta había quedado bien cerrada.

Postales a la maga

No me dejes nada de recuerdo
sé cómo es de breve la memoria
Ana Ajmatova

El escaparate de la abuela siempre fue una diversión con aquella correspondencia amarilla dirigida a una «hermosa señorita» de su fiel amador, postales nevadas y los amantes en trineos por paisajes blancos, las mujeres en sus peplos griegos con las liras, la corista francesa como del Moulin Rouge, la tonta que mira desde el almanaque de 1911, «mi corazón que levanta/ con acordes melodías/ himnos a hermosura tanta/ como ruiseñor que canta/ felicitando tus días». Y hay dos ciclistas raudos y veloces e inalcanzables, una invitación de bodas y una foto de la ceremonia tomada en un estudio de Gelabert en O'Reilly 63, en La Habana. El vestido hace un pliegue y la mano lo recoge con cierta arrogancia, la misma de la maestra nocturna de la escuela pública de Regla con sus libros de lectura y los abanicos.

El baúl de la abuela siempre fue un recodo de personajes inocentes, la de las plumas y el sombrero airosamente *vamp*, la tímida florista de cuplé o la dueña del jardín de lazos y sombrilla. Su escondite era como un tesoro de ángeles y arcadias. Lo que la abuela no dijo nunca es que el amador que ansiaba quererla hasta la muerte terminó con una diabetes fulminante a la mitad de la vida, que sus negocios quedaron al vaivén del tiempo y que ella, con la suave ternura de su edad, sus ojos celestes y desafiantes, perdió su juventud en la escuela del barrio atesorando quizás en estas postales el olor de la bella época, nunca más recuperada pero intacta en estas descoloridas imágenes. ¿Cómo alguien así podía envejecer? Nadie nos explicó el misterio. Después pasaron los años y las postales permanecieron ocultas en el sitio más intrincado del escaparate, regadas sin la cinta azul de la abuela. Y vinieron las vampiresas de verdad, las sexy, empleaditas, trapecistas, muchachas inocentes que soñaban con el celuloide, marylines, barbarellas, pero la abuela seguía mirándonos desde la cámara y se recogía el vestido con ese gesto, de una forma no aprendida en el *set*, sino innata, salida de algún lejano abolengo, sin maquillaje, con su mirada celeste y sus ojos fijos en el arma reluciente que, como la raída postal, muestra a la mujer detenida en la historia de su amado, la abuela, estrella de cine de mi escaparate.

II

Noel venía con aquella flauta prodigiosa que no era precisamente la de Hamelin. La traía en un cartucho para sacarla en el mejor momento de la fiesta. Entonces, yo era una niña con bata de organdí y cintas en el pelo, y él, pálido, encorvado, con un poco de acné, sostenía una mirada indiferente. Viene siempre con su madre, en el momento en que la fiesta está en su apogeo, casi al apagar las velas, los caramelos están pisoteados en el suelo y mi madre sudorosa y agitada trajina con el maquillaje corrido de birriones y los otros niños retozan en el pasillo y alánimo alánimo la fuente se rompió y los mayores saltan la quimbumbia y la viola y quieren mis patines y mis muñecas. Entonces, tus padres te hacen mostrar la flauta, te encaraman en una banqueta y ruegan al público que haga silencio. Tú te la pones en los labios con cuidado y la haces sonar suave, a veces más rápido, mientras yo me oculto detrás del dosel. Por suerte la tortura dura sólo unos minutos, tu madre te besa complacida, el padre te seca el sudor y la mayoría aprueba el concierto familiar. Alguien retira la banqueta, te dejan probar algún refresco, te ensucian la cara de besos y me hacen salir al patio a jugar con las otras. «Vamos a jugar, dices». No sé, no tengo ganas. ¿Dónde aprendiste a manejar la flauta?

A eso no se aprende como los automóviles o los botes. No sé, es algo distinto. Es como soñar. Pero hace rato que yo estoy en los columpios meciéndome, vigilando los patines y ordenando las muñecas descoloridas que me dejaron regadas sobre el césped. Te queda lindo ese vestido, eso lo dijo con el mismo tono musical de la flauta, y yo me turbé y no supe darle las gracias y volví al columpio. Méceme, le dije, anda, duro, no tengas miedo, más duro, yo me aguanto bien. Y él se quedaba firme empujándome por la espalda fuerte, mientras yo veía a la gente de la fiesta muy chiquita y yo cada vez más alta como en un aeroplano.

La saya se me escapa de las manos. Y era un ligero movimiento, un ir y venir de la brisa, un galopar y al mismo tiempo un silencio apuntalado por el perfume de las azucenas. Bájate. Y yo obedecí porque lo decía serio y sudoroso al mismo tiempo que me tendía las manos y detenía el impulso del columpio. ¿Quieres que juguemos a ser grandes? Yo tendré una casa del tamaño de un mapa como un planeta, como el globo del mundo. Y yo un violín o una guitarra de verdad. Entonces me tomó la punta de los dedos, miró a su alrededor y puso sus labios en mi frente, mientras yo me sujetaba la saya de organza rosada.

III

Los varones se iban al placer a empinar chiringas y a veces coroneles que eran capaces de tumbarte al suelo con el aire y las hembras se quedaban en los postigos de las casas huyendo de los mataperros o las marimachos. A veces nos dejaban participar del secreto de los papalotes, del privilegio de sus colas y el papel de china y esqueleto adornado hasta que salía a volar. Pero lo mejor de la tarde lo disfrutábamos desde el portal, cuando los vistosos aparatos se perdían en el aire y subían por encima de los postes de la electricidad. Y yo, separada de aquel coto varonil, no hallaba explicación a aquellos juegos. El columpio era el sitio reservado para acunar una muñeca, el zaguán el destinado para la ceremonia de las casitas y las prendas. Y en el gran placer, los varones se disputaban la pelota y la quimbumbia y el nido de los papalotes. El espectáculo, mejor que el circo o los magos o los tragaespadas, estaba cerrado por una cortina que excluía a las hembras. Para mi matandilen dilen dilen «¿Qué oficio le pondremos?» nos llamábamos costureras, cocineras y enfermeras en la rueda rueda de pan y canela. Rondas y escondites donde apenas se ensucian los vestidos. ¿Por qué estaba prohibido el placer y el cielo interminable? ¿Por qué nos tocaba el oscuro pasillo y las renegridas cacerolas? ¿Por qué los varones jugaban sueltos, despeinados y felices de correr tras sus pelotas de trapo? ¿Por qué los cansados patines dormían en sus cajas? Mientras, las aceras cuadrículadas de tiza auguraban un partido de pon para las hembras y los yaquis simbolizaban el mundo girando como una estrella en los regazos. Algo de mí quedó agazapado en aquellas mañanas privada del deleite del sol y el encanto de los placeres. Y en esa renuncia los niños nos despedíamos de los mejores momentos.

Y recuerdo los papalotes subiendo, enredados en el tendido eléctrico, empinados hasta donde la vista apenas alcanza, como pájaros, murciélagos, banderas desplegadas. Dejaban de pertenecernos. Y en lo alto del cielo eran sólo una señal, aviso de nuestro único reino.

IV

Había una zanja y un parque encantado. En la zanja mi padre pescaba extrañas larvas y en el parque se sentaba horas mirándome mecer en el columpio desvencijado. El parque está en el mismo lugar y en la casa de San Anastasio los muebles tienen acaso la misma intensidad de la caoba recién pulida. De la zanja sólo tengo el recuerdo de verlo entrar enfangado, los pantalones a la rodilla y con un colador casero atrapando aquellos animales vibrantes y enmohecidos. Recuerdo su olor a lavanda, su olor a tabaco, su olor a zanja podrida. Y voy reteniendo como quien elige para sí cientos de tomas de película, aquella donde está más fotogénico, esos momentos incomparables donde no soñé a mi padre, sino que lo encontraba, feliz dentro de la zanja de los mataperros del barrio, cosiendo al pato herido, revisando su instrumental de cirugía como quien practica un ritual o sentado sobre la hierba del parque encantado viéndome mecer a lo lejos, tan lejos, sobre una línea del horizonte inabarcable. En esos instantes mi padre no fue una sombra como lo fue después, sino una figura enjuta, pequeña pero tierna, que escribía cartas envueltas en papel de chocolate, cartas crujientes y sonoras que recuerdo borrosas por el sonido, aunque no alcance a recordar ni una sola palabra. Mi padre me leyó *Platero y yo* de una sentada, como quien obedece a un secreto mandato, y recuerdo el libro sólo por los calambres. Mi padre vivía con una herida intensa a flor de piel, abierta, que no cicatrizaba. Es mejor vivir esa parte de la historia y verlo entrar triunfal en la zanja de los niños en el parque con su Kodak último modelo, imitar su pronunciación francesa a descubrirlo ordenando una colección de postales pornográficas. Es mejor tropezar con su Infierno encuadernado en piel por él mismo cuando era estudiante y aprendió el oficio. Es mejor, porque la otra parte la descubrimos un día en los escondites del escaparate de ancha luna. Y sorprendidos y exhaustos, supimos que mi padre tenía una amante del otro lado de la bahía, que al cruzar en la lancha de Regla estaba esa otra, envuelta en el misterio para mis asombrados ojos de niña que encubrió así un rostro inaccesible, rasgos pronunciados y una cimbreante cintura. La otra era una cualquiera, tal vez una prostituta que se llevaba a mi padre de los juegos de la zanja de nuestros paseos y lo hacía vivir otro pedazo de la vida. Era mejor saber que compartía allí un rato de ternura a encontrarlo sobre el mostrador murmurando frases incoherentes frente a un trago. Mi padre eran los viajes al Ten Cent a comprar sortijas de fantasía para mis juegos, olor a lavanda y nicotina, instrumentos guardados en una vitrina y un Infierno encuadernado en piel. Era la operación del pato herido, salvado en su improvisado quirófano. Pero yo olvidé todo eso, olvidé los pequeños incidentes y engrandecí otros, cuando descubrí aquella sórdida historia con un final macabro de los amantes perseguidos por un detective privado que los sorprende en pleno día en un parque de la ciudad. Se terminaron las tardes en que mi madre registraba los bolsillos persiguiendo una flor seca o un rizo, las pruebas de su amor secreto e impublicable.

Y por muchos años no tuve padre de olor a lavanda y nicotina ni cartas salvadas ni crujientes ni rodillas sobre las cuales sentarme estremecida. Y la zanja se fue difuminando con los años, se desdibujaron sus contornos y el muelle de Regla con su Cristo crucificado fue un paseo oculto porque me llevaba a esa parte de la historia donde mi padre tropieza con marineros borrachos y mujeres soñolientas y nerviosas. Después, casi lo despedí cuando se sometía a fuertes radiaciones de cobalto, a punto de morir, sin quejarse de la vida, resignado a perderla quizás con el mismo ingrato estoicismo sin olor a lavanda ni recuerdos. Y desde entonces la zanja de los mataperros es algo así como un coágulo atrevido y borroso.

V

De pronto te parece que está ahí, sentado en el banco del Instituto con su rutilante saxofón entre las manos arrancándole las mismas viejas notas. Y yo vi tus odas dentro de otras odas y quise retener la imagen intocable de tus ojos sobre otros ojos y entonces bajé la cabeza y sólo vi tus manos cerrando el *ziper* del *jacket* mientras nos perdíamos pendiente abajo por la calle del Instituto. Entonces era algo así como el Gran Meaulnes, un atrevido caminante pieslivianos, y yo alguien que te admiraba secretamente en los recreos con mis medias chorreadas sobre los zapatos. Arrancabas las notas al saxo, los demás se recostaban como maleantes sobre el muro y las estrellas parecían inmóviles sobre una bóveda mientras Irina y José peleaban mordiéndose los labios. Tu recuerdo está asociado al sonido del saxofón, levemente estridente, la tómbola y la casa de los misterios, aquella oscuridad tan a propósito, escaleras difíciles e inventadas donde la escuela perdía su fisonomía y su espacio habitual. Yo aceptaba tus manos en lo oscuro, me reía de los trucos entregándome a tus pupilas, me contentaba con el ruido de tus pasos en los recreos y caminaba cuadras enteras, vueltas y más vueltas a la manzana, fórmulas algebraicas recitadas con cierta pedantería que te hacía muy superior a los demás, quizás porque ya leías a Baudelaire y tomabas jarras de cerveza. De pronto te parece que está ahí entregándome su mirada, imagino un solo de saxofón para mí sola.

A veces el garaje del edificio era el sitio de nuestra intimidad, de los juegos y las invenciones porque llegabas temprano con algunos libros y te ponías a calcular distancias nuevas para los espacios conocidos. Jugábamos a ordenar las botellas del cajón de la basura, las colocábamos en fila india y les inventábamos conmovedoras historias que inmediatamente escribíamos. Vigilábamos al encargado para mirar a través del hueco la cisterna del vecindario. Invertíamos bien el tiempo y sentíamos que no había sitio mejor que el sótano donde las familias botaban trastos inservibles desde un taladro a enormes cisnes de La Florida.

A veces hacías de vendedor ambulante, proponías los objetos en subasta, regateabas los precios y eras una especie de mago, hacías juegos de barajas y sogas o un simulacro de tragaespadas. Se convertía en vaquero, un raquítico Bat Masterson con bastón de palo, y la mayoría de las veces hacías de mendigo. Apagaba la luz, cogía unos trapos, se acercaba con la voz engolada de Arturo de Córdova, la impostaba como los locutores radiales y alternaba el tono de novelita rosa con aquello de «chiquilla loca» y terminaba llorando como un niño entre mis brazos. Llorabas y yo te desordenaba el pelo imaginando la gran piscina de lágrimas de la pobrecita Alicia y jugaba a encogerme y volverme chiquita, a correr alrededor del garaje para encontrar la llave del jardín de las maravillas. Entonces, defraudados, nos sentábamos en los sillones a echarnos fresco con una penca de guano. Abanícame, no hagas ruido, los pájaros desbaratan un nido, onomatopeya, así voy a llamarte. Los sillones traquetean por las rejillas vencidas con enormes agujeros y yo pienso en todo lo que da vueltas, en el líquido que se deposita en tu mirada y en el tono fatigado con que siempre inicias las conversaciones. Así nació la idea de la película. Cogiste un prisma y te asomaste a la ventana. En la calle un niño jugaba con una peseta y tú pensaste recorrer cámara en mano la mueca de alegría, los proyectos reflejados en la cara mientras la tira y la recoge y la guarda otra vez en el bolsillo. Estabas inventando el zoom y el neorrealismo. De pronto, te pareció una idea convincente que el niño dejara caer la moneda y la persiguiera hasta que se le escapara y corre hasta la cloaca y tú filmas la cavidad, el olor desagradable y el objeto inalcanzable en el fondo.

Después surgieron tramas más complicadas, asuntos de mayor envergadura pero nunca como la primera película aquella tarde de calor cerca del silbido de las guanos y los crujientes sillones. A veces recitábamos poemas clandestinos, nuestra secreta correspondencia y corregíamos las erratas y las faltas de ortografía. Aquí debió decir hermosa, algún día inventaré una loción para cambiarte el color de los ojos y los podrás usar a tono con la ropa, algún día no serás tan pequeña para entenderme (eso lo decía con el tono realmente dramático de los discípulos de Meaulnes). Ahora me tomabas por los dedos y acercabas la cara y la respiración se confundía con el resto de los ruidos, la cisterna llenándose, las frases hechas, imaginar tus cartas llenas de borrones y tachaduras, el pelo sobre los ojos y tus manos tibias mezcladas con la imagen de las pesadillas y un barco de pronto aparecía sin advertirlo y unos ramos y una barcarola dentro de una sombra como en los libros baratos. Y tu piel cada vez más cerca. Y entonces fue que cometí el imperdonable error de confesarte que te amaba. Te echaste a reír, me besaste en la mejilla y juraste escribir mi nombre en todos los recreos. Y yo vi un borrón, una mancha de tinta sobre un pésimo trabajo de caligrafía. Palmer con una F enormemente prolongadaaaaaaa.

Quise pasar la página y borrarlo todo, sólo que no atinaba a abrochar bien el corpiño, tampoco tú. Sólo sentía el saxofón desafinado y el coro tarareando la misma vieja y estropeada melodía. Quise recorrer el camino hacia el Instituto pero ya no podíamos, era un oscuro garaje sepultado por siete pisos de edificio y allí jugamos otra vez a los juegos, jugamos a Beatriz Portinari, sonrisa dulce de vampiresa medieval, a Paolo y Francesca con un diccionario Larousse ilustrado y a las capitales inventadas donde yo evocaba mi perdido reino de Angria. Pero había un juego que me hacías repetir hasta el cansancio. Salías detrás de la cortina y en una imaginaria cuerda floja mantenida sobre un andamio, volvía a ser la pálida sombra de Gelsomina, copiada textualmente de la película.

De pronto, la cinta apareció empañada, cortada por un giro brusco de la cámara. Se acabaron los juegos terribles e intactos en los escondites. Y el Gran Meaulnes de la adolescencia se hizo añicos como Jack el destripador en el verano de 1961 cuando me llegaron por última vez unas cartas desteñidas ahora con un ridículo comienzo y los dibujos de la Universidad de Lowell, o fechadas en Boston, escritas en hojas de libreta, con pésima letra y habladas del sesenta como una fecha remota, los amigos y los cuatrocientos golpes, Chabrol y los primos, la Revolución como una película que pasaron en Arte y Cinema La Rampa.

Te declarabas un joven con sólo tres amigos y un amor. Y las cartas me fueron haciendo más distante la figura del muchacho de los años superiores al que sus padres llevan de Cuba y la imagen se fue destrozando, sólo fueron fragmentos borrosos, ahí está forzando cínicamente la sonrisa y se ven los fríos campus de la Universidad de Lowell que reemplazaron las suaves tardes de La Víbora para que nunca más pudieras atreverte con aquella película. Después fue como un pesado sueño, muy difícil de llevar sin la ternura de nuestros implacables juegos. Pero Gelsomina salió del sótano, destrozó sus propios pasos y corrió y corrió y corrió tanto hasta que su antigua sombra quedó atrás definitivamente.

Muchacha:

Tu carta es original, a veces parece un canto sin música. Hay un fluido que va y viene como si las palabras flotasen. Por lo que me dices me imagino que la escribiste en la escuela, ya te imagino, sentada, sola, pensando qué decir y qué no decir. No entiendo por qué no me recuerdas, si no me equivoco yo te envíe una foto. Me gusta que hables así, esto me hace pensar. Y yo odio pensar y trato de evitarlo todo el día. Nunca he estado tan confundido. Qué bien y qué mal me ha hecho este viaje. Hoy tengo diecinueve años (los cumplo en agosto 29). Cuando dejé Cuba tenía 17.

> En un momento
> el viajante
> el corazón arrugado
> y la cara radiante sentose
> a lo largo del camino sin marcas
> miró hacia los lados
> infinito cero perdido
>   perdido
>
> pensando
> con la cabeza hacia el sol
> de otro perdido en la distancia
> entre las manos y para darse cuenta
> de que habíase encontrado

Esto lo acabo de escribir y no me gusta. Está vacío como yo estoy ahora. Dentro de un mes me empiezan las clases, tres más y un título.

¿Entonces qué? Todavía me da vueltas en la cabeza la idea que se te ha olvidado mi cara. Yo creo que no te entendí bien. Estoy seguro de que algún día nos encontraremos, ya te lo he dicho. Por lo menos seguimos hablando, escribiendo unas tristes cartas a veces pesadas de melancolía. Cuba es un recuerdo. Tal parece el título de un libro. Recuerdos a la realidad, digo yo, todo es fundido, como si el tiempo no existiera, aunque siempre su idea es constante.

Cuba fue el inicio hacia un nuevo horizonte. Si alguna vez lees *Portrait of an artist as a young man*, podrás darte cuenta. La imagen del arte, la poesía, es una mujer o tal vez una niña de esbeltas piernas y senos suaves, de pelo rubio, fino, flotando al aire y unos pies jugando con el aire de la mar. Así la vio Joyce, la realidad fundiéndose con la idea. El inicio a través de la percepción y de los deseos de un joven del amor al arte. Mi cuento trata de esto, pero no lo intenté por temor de copiar a Joyce. En estos momentos debo mencionar a Cecilia.

No sé hasta qué grados ustedes estaban ligadas. Ella llegó a mí en el momento en que mi mente no daba cabida a un ideal. No sé si ella llegó a realizarlo, a veces lo dudo. Nunca supe lo que era en realidad.

Fuimos extraños pero su presencia me dio lo que yo buscaba, una vía para consolidarme en un objeto. Todo fue un círculo romántico. Cierta noche me llamó por teléfono, yo sin conocerla, no recuerdo sus palabras y argumentos, pero días después la encontré no en el colegio sino en su casa. Salimos varias veces, después fuimos al Malecón. Allí en la noche serena, ante el mar, con las nubes huyendo hacia el horizonte sus ojos brillaban, me decían, ésta es tu poesía, no es un sueño. Dos semanas después no la hallé más. Después de esto vino el despertar (me contradigo). Hoy no sé qué es de ella ni dónde se encuentra, pero mi hallazgo de la poesía tiene su nombre. Te digo esto, porque así tal vez me entiendas un poco, todos mis cuentos son ella, en mi mente, no como sexo sino como poesía. Hoy todavía la amo. Olvidarla es dejar de pensar, de escribir, de vivir. Tú eres otra cosa, la compañera que a veces creí muy pequeña para entenderme. Hoy eres otra, y yo también, y esto hace toda la diferencia. Para ti un beso y las flores de azúcar envueltas en papel de chocolate con que me regalaste el sol.

F.

VI

Sólo reapareció en cartas que leía con voraz ansiedad, mientras reconstruía paso a paso cada uno de los vericuetos de aquellos parques de la Víbora, encantados en el recuerdo, requeridos de poda, con recodos agrestes donde nos sentábamos, ¿o yo lo imaginé? Su recuerdo estaba ligado al primer amor, inocente, tibio, cercano, mío y a las primeras sensaciones de ser mujer. Había un árbol de raíces venerables alrededor del cual conversábamos a la salida del Instituto, el parque está envuelto en una cierta bruma, pero apareces allí junto a primos y niños airados, *beats*, iracundos, terribles, ausentes, pero intactos en mi corazón de niña que lo veía como un maravilloso episodio. Las cartas empezaron a distorsionarlo todo. El que escribía ya no parecía ser el mismo, tenía 19 años cuando se fue de Cuba pero el tiempo lo había aplastado. Hablaba de vacío y cansancio y recomendaba libros que entonces no había oído nombrar. Y las cartas de Lowell no tenían rastros de la vida familiar, los padres no salían entre las bambalinas ¿Y Cuba, qué era Cuba? Primero no era un país, después la distancia avivó su recuerdo de las calles y La Rampa fue una obsesión, la gran vía de nuestro despertar a la ciudad. Tus cartas me alejaron de ti porque yo había decidido abandonar la casa, entrar en una escuela, entender la Revolución, descubrir una patria e irme a la Sierra Maestra a recoger café con los campesinos. Y tus cartas eran un pasado en extinción ante mis ojos extrañados. Ya se morían las tardes grises y los malditos primos del cine, pero alguien aparecía en la montaña con una flor cimarrona del camino. Un día, en plena Sierra me llegó una carta definitiva. Hablabas del vacío y me confesabas, sin pudor, que amabas a otra. Estuve de pronto frente a un triángulo sentimental de pacotilla, ilustrado con estampillas de George Washington, que me recordaba el colegio de la niñez donde se cantaba el himno americano, todo aquello tan distante del campamento serrano en el cual las muchachas cargadas de morrales subían por el lomerío y Memo y Fengue pesándonos las latas y nosotras descubriendo el río, el sol, el horizonte, el hospital, la valla de gallos, la tienda y una mujer misteriosa. No recuerdo si hubo un segundo intento pero ahora estábamos de una isla a otra isla, tú te alejabas con tus tenis pieslivianos detrás de una bola del mundo y yo me quedaba absorta pero llena de cosas que estaba descubriendo; una cartilla para alfabetizar, un farol chino para escribir por las noches, un campamento con una hamaca por única propiedad.

El Gran Meaulnes se quedaba atrás. Decía que nos encontraríamos alguna vez. Todavía lo pienso. Ésta fue la última página que me escribió. Cuando leí a Joyce me di cuenta del gran daño que nos hicimos, tantos adolescentes arrancados sin motivos de su país, de su pedazo de sol, sus parques encantados y sus novias traicionadas. Ésta es tu poesía, dijiste y es verdad que aunque nunca he podido destrozar las cartas amarradas por aquel hechizo, en octubre de 1962, en el campamento serrano donde me despedía para siempre de ti, encontraba sin saberlo mi poesía.

VII

Y ahora la ropa se blanquea al sol después de lavada con lejía. Y desde el fondo de mí y arrodillada me mira una niña más triste todavía que yo. Casi no lo reconocía pero era el parto. Primero un suspiro, algo tuyo ovillado en posición fetal rodeado de líquidos y músculo y corazón que llama con golpes suaves o crece como un retoño, también la angustia de sus latidos y la piel se estira, salen manchas y vienen los extraños deseos de arañar paredes, acariciar los zumos de limón, asirse a las hierbas. Y viene el terror por los enanos y las máscaras de aquella película de Agnes Varda que en la noche cruzaban como la mordida de un carnaval deforme. Pero luego la niña se movía dentro. Pensaba, está ahí, es sana y seguías durmiendo. Caminabas y eras feliz, respirabas y eras feliz, dormías y eras feliz, porque en esos actos sentías que le estabas abriendo paso a una vida que ardería en tus venas. Era como un pilar, un embarcadero, una hija, así con un nombre largo, impronunciable, el de un hada de Darío, un nombre azul que al principio balbuceabas con terror pero que terminó por imponerse a los diecisiete años cuando a la angustia de crearla sobrevino otra, que terminó por definirte a ti misma. De pronto, alguien está creciendo, llamándote en la oscuridad de la noche con sus gemidos. Pero el primer sollozo fue el tuyo, cuando al dolor inenarrable le sigue la emoción de parir, dar a luz, alumbrarla y descubrirla, pequeña e indefensa, irreconocible pero tuya. Y te sientes fecunda, hermosa, mujer. Y los terrores cesan aunque no sea tan bella como la soñaste pero es terrenal, existente y vive y respira y llora y se alimenta con la leche de tus pezones.

Y reclama un lugar en el espacio diminuto del cuarto, entre mosquiteros y sábanas. Y la amante se desvanece, se oculta detrás de la maternidad. Y vienen noches de insomnio y de vigilia y empiezo a cuidar de sí y a sacrificar «nuestras noches». Y no eres una presencia lejana, sino el sueño cotidiano, diario, agobiante y mientras me voy haciendo a las nuevas tareas me voy sintiendo más sola que nunca porque tu hija no es algo compartido, no vino a traer precisamente la alegría, sino aquel desasosiego de llanto impredecible que irrumpía en la noche mientras mamaba la leche de tus senos. Nadie entiende la maternidad. Un hombre quiere que seas suya y tú estás haciendo otra vida, afanada en fraguar ese otro ser que luego camina y te reconoce. Y ya no te sientes tan hermosa, sino más bien madre, sobreprotectora, gris, sofocada, centinela y en la medida que crece va siendo ella misma, más hermosa ahora que no se parece a nadie más. Ocurrió de pronto. La ropa se blanqueaba al sol y el dolor de las caderas te anunció que ella vendría, sin nanas, sin canción de cuna, sola con los ojos iluminados, envuelta en gasas y trapos, tan parecida a la felicidad y a la poesía de tus diecisiete años.

Qué va a pasar contigo ahora, pensaba mientras te daba de mamar, desnuda, sólo así podía amamantarte, mientras entablábamos un diálogo raro, mudo, extraño. Succionas y la leche brota como un alivio. Pensaba en mi hija. Y casi no pensaba en ti. A medianoche el cansancio me rendía y cuando llorabas, volvía a acudir con la mezcla de angustia y sobresalto. ¿Acaso era la alegría? Después fue mejor verte crecer, subir las escaleras, dar el primer paso, caer y levantarse, balbucear las sílabas y ordenar las palabras porque otra vez recomenzaba, una niña tan triste como yo, que no se sentaría en los columpios con batas almidonadas, dueña de un parque encantado, de una pradera y un mundo. Estás aquí acunada en mi regazo. Y yo pienso que es mejor jugar contigo a las casitas, las madres y los padres, las prendas y la gallina ciega. ¿Qué se te ha perdido? Una aguja y un dedal. O Alánimo alánimo.

¿Qué va a pasar contigo? ¿Qué será de nuestro amor? También es alegre verte reír, leerte cuentos que entonces no entendías o canciones inventadas de animales y flores. ¿Qué será de mí ahora? Pensaba. Los sueños de los diecisiete años tendrían que esperar un poco porque ahora estás atareada con tu hija, dándole de mamar, lavando sus ropas, jugando arrorró mi niña, arrorró mi amor, ¿qué será de ti? ¿Qué será de las dos?

De pronto estaba el pueblo, tres o cuatro casas, el hospitalito de cinc, la escuela rural y la valla de gallos. Victorino, Guisa. Allí llegamos cantando consignas y arengando a la gente «encaramadas en el barril». Eso era dar teques, movilizar a los campesinos, hablarles de la Revolución en 1962 cuando la recogida de café. En la Sierra Maestra estuvimos solas con los ríos crecidos, las ventoleras, las maldades, las apariciones y los muertos, las bolas de candela, los horóscopos, el trabajo y la leña y cada una puso lo que sabía y de lo mejor de cada una hicimos una sola que alentaba la muchacha que había en todas nosotras traviesa, inmadura, loca pero tierna. Allí cocinamos, caminamos, corrimos, alfabetizamos, descubrimos el río y la yagruma y las semillas para los collares y las hierbas medicinales y la amenaza de guerra en un radio de pilas, la Crisis de Octubre, y el peligro nos unió y fuimos felices de ser útiles, allí entre las campanas y las luciérnagas, con nuestras débiles colchas sobre las hamacas, rociando a diario el piso o en mulos que sonaban sus cencerros. Entonces yo no te imaginaba. Una hija era algo remoto como las lomas más distantes. Tenía un tesoro de mangos que alguien descubrió para mí, varios libros y cientos de cartas ocultas en nuestro único baúl y cuando miraba a Llilia, la niña que enseñamos a leer, estaba viendo el futuro de anchas carreteras y postes eléctricos, allí tan cerca y tan lejos de la belleza.

Cuando naciste yo escribía poemas por las noches, hasta que me derrumbaba sobre el papel, los poemas no tendrían destino y todos los menospreciaban hasta yo. Cuando naciste yo tenía carpetas repletas de cartas, telegramas, fotografías de la Sierra, dedicatorias y releía los mismos versos que repetía en voz alta. Cuando naciste empecé la vida de las cacerolas y los lavaderos y la otra, mía, por dentro, refulgía en la madrugada junto al pornógrafo de Brassans, los cuartetos de Brubek y los amigos que crecían en la distancia. Entonces, Guillermo era un profeta cautivador, un estúpido gángster o un villano más, poético pero blando. Y B. un madero tibio, que me empataba con lo mejor de las canciones populares y el lenguaje de la calle. Cuando naciste yo acababa de olvidar le pechera almidonada de Estefanía Cañal que nos hacía repetir todas las tardes *good afternoon* con la entonación precisa, la fonética ideal, de enterrar las cartas de Felipe, sepultadas entre cientos de papeles, recuerdos y tesoros de la Sierra (programas teatrales de la valla, recetas y telegramas, horóscopos y remedios) cartas de amor y de amistad, sueños tremendos y aventuras incomparables, intrigas que harían las delicias de Katherine Mansfield pero que hablan de las preocupaciones diarias, recoger más café, levantar la moral del campamento. Cuando naciste yo leía a Rilke y sabía de la poesía de las madrugadas y sabía de las madrugadas y del amor en las posadas con todos los ruidos de La Habana.

VIII

Me miro al espejo y no quiero reconocerme. Hay una arruga leve que asoma alrededor de los ojos, una sombra terca que el espejo devuelve. Me alejo, asustada, el pelo encanecido, los labios más mustios, una fatalidad indeclinable, un golpe del destino que me hace pensar en quince años atrás, las caras limpias, ni huellas del maquillaje, expuestas al sol y a su suave barniz. Ahora el espejo retorna una imagen rota. Ayer enterramos a un poeta de treintiocho años que el cáncer aniquiló con una maldad feroz, la antigua musa se consume de empleadita en un almacén, mi amante no hizo la película soñada, la otra se llenó de hijos y de una felicidad pequeñita. Y yo me olvidé de la tumba de Vallejo, aquella que debía encontrar en París con aguacero junto a la niña de las plumas y el tiovivo de nuestras madrugadas. Sólo con mirarle al espejo sé que no habrá la misma cara de mujer. Entonces te fijas en las manos encallecidas sobre las que nunca reparaste, en la piel manchada de tu madre, el temblor de su barbilla, en la cara del retrato que no está desfigurada y en la fotografía guardada y polvorienta. Y piensas que no es necesariamente un golpe terrible que las piernas se cansen durante las caminatas, los ojos no brillen con la intensidad de antes, las manos no se parezcan a tus manos. Te aferras a la idea que se puede embellecer de otra manera como la pátina de las piedras o el musgo adherido a la pared. Y recordaste la banqueta, tranquila y saltarina, detrás de la escalinata llena de gente y florecida con semen como el tren blindado. Alrededor de ella iniciamos proyectos que terminaron en una heladería entre boleros ausentes. ¿Acaso no te entregué algo de mí misma? ¿Acaso no era aquella loca que recogía flores por los caminos? Y te viste quince años antes encaramada en un Zil, ataviada de verde olivo y llena de collares en espera del tren que nos dejaría en Guisa para vivir allí otra parte de la misma vida. ¿O quizás en Gerona cuando inauguraron la planta de caolín? ¿O cuando te escondiste en el hotel Santa Clara para librar tu batalla particular? ¿O cuando en la playas Las Coloradas caminaste junto a aquel desconocido que te miró desafiante y brusco? ¿Dónde están todos esos gestos? Parecen sobrevivir después del naufragio, agazapados en un diario personal que nos conduce, como las señales de la mano, por los caminos de la vida, al encuentro de una amiga perdida, el amor reencontrado y aquel temblor insospechado que te hubiera hecho otra mujer.

Ahora en ocasiones te disfrazas de adulta con vestidos apropiados, perfumes de moda, peinados de revistas, gestos precisos y educados. Pero lo mejor de ti se quedó en el borde del muelle de Casablanca cuando te dije que volvieras con tu mujer, en las empercudidas sábanas de los hoteles donde intentamos una catedral para la poesía, lo mejor era preferirte sucio y errante, soñando con los *migs* en la cubierta de un camaronero frente a un tropel de marineros azorados. ¿O cuando en aquel viaje magnífico rechacé tus pudientes *kopecs* a cambio de la manzana más tierna sacada de un óleo de Cezanne? ¿O la blusa bordada regalo del amor desde el volcán de Masaya? Vuelvo al espejo. Y no puede encontrarme ni en los ases de basto y las reinas de las barajas solitarias, ni en las conversaciones cultas ni en los amores trillados como ripios ni en las rutinas deliciosas y cómodas. Cuando voy por el malecón quisiera ser otra vez aquella viajera, chiquilla impúdica y feliz capaz de iniciar en Casablanca aquel diálogo interrumpido y decirte que soy feliz porque intenté asaltar el cielo y tú te conformaste con las migajas de un amor sereno y moribundo. Por eso te prometo que si vuelvo a París reanudaré aquella diletante incrédula que quiso ir a la tumba de Vallejo a depositar una rejuvenecida ofrenda.

Hijita, mira, una mirada irreal, bucólica, hasta extraviada, inasible. La modelo, algo turbada por su incapacidad de simular, finge que del otro lado hay un caballero que celebra los tules que impiden ver el pronunciado escote o un jarro de vino o un animal amaestrado o un retablillo de figuras manipuladas por hilos. Esa mirada, que viene ensayándose hace siglos por todas las mortales del cine silente, que ha recorrido la pantalla hasta el gran *close up* de la Falconetti como Juana de Arco es apropiada para las églogas y las pastorales, escuchar dulces mentiras, confesiones desgarradas, historias inenarrables, porque es aséptica, gris, opaca, imposible de descifrar, muda como un enigma. Frente a ella el interlocutor puede desarrollar una trama policial o contar sus sueños o rezar una oración, pero ella imperturbable permanece apoyada como si oyera veinte poemas de amor y una canción desesperada o se entregara al éxtasis de un cuarteto de cuerdas. Todo puede ocurrir y nada pasa, fea, metida en un ataúd de tules, amortajada, bella, cuando la luz irradia el blanco hacia la cara. Ella me ha hecho pensar en cuántas veces somos sorprendidos mirando hacia el vacío, suspendidos de una leve cuerda, sin un asomo de cólera o de angustia, ausentes, terriblemente solos ensayando una mirada que termina en una mueca. Y entonces ya no sé si oye realmente a quien está sentado enfrente, si el codo lo apoya por desdén o por manía, si mira un poco desanimada, si piensa en ella misma o en un acertijo, si dice para sí un poema olvidado o si es tanta su fobia de fingir, tanta su aversión al teatro que como las aprendices tiene una cara única, un gesto altanero para desentenderse de todo lo demás e irse del mundo, entregada a sí misma, perdida, maligna y delicada.

O esta otra –también para la Maga–: Terminó deshaciéndome el bucle, desatando la diadema para que el pelo se soltara porque así parecía libre dentro de un corsé como el que lleva puesto, que recorta la cintura pero no los pechos, temibles, que no eran ya las torres de la soberanía como dijo el poeta, sino el lugar donde recaían todas las miradas, el centro del paisaje, una talla 36 con una copa grande para que cupieran senos salvajes, de mujer corpulenta y tórrida, que escondía su belleza debajo de un brocado y que adornaba el pelo, escultura suculenta, el peinado como un manjar de deliciosos recodos, lugares para extasiarse, sombras y penumbras, laberintos violáceos, vericuetos. Todo para esconder sus dos mamas tremendas, rectas y vibrantes aun sin sostén, sus rubicundas tetas de mujer saludable que eran capaces de amamantar y albergar, cobija y sueño de los desvalidos. Pero tú te avergonzabas de su tamaño, precursora de Jayne Mansfield y de Marilyn, muchacha desgraciada que en todo el orbe fue proclamada por la 20th Century Fox, que enseñaste las tuyas a millones de cinéfilos, mientras tú tan señorial te las cubrías con seda y tapices, las indicabas con una simple cadena haciendo llamar la atención sobre el pelo, inmóvil como la peluca de un maniquí, dibujado por un orfebre rococó, tigresa de las sobretallas que iniciaste una nueva era, que podrías anunciar una firma de lencería fina pero que escogiste para lucir un delicado tocado de cabeza, mitad nido de pájaros y escondrijo de reyes.

Hijita: Están vendiendo el Sabater y la lámpara de Tifany pero no sabes nada de eso como tampoco me crees capaz de entender la gota de rocío ni participar de tu bohemia. Yo saldría descalza a caminar por las anchas avenidas alumbradas y lloraría como una niña con tus canciones preferidas, pasan los años y no cambia lo que yo siento, estoy aquí reanudando una vieja conversación, empezando como siempre una nueva casa, reuniendo el mismo entrañable libro, poemas, retratos, cenizas y abalorios, testaruda y constante. Y no debes imaginarme tersa como las modelos dentro de sus congeladas vitrinas, no es que me rindas honores, sino que entiendas que yo también espero un amor errático en Cartagena de Indias que envía sus mensajes de una extraña manera, que puedo ser televisiva, mediogénica y audaz, pero también taciturna, infeliz, alocada, defectuosa, que prefiero las callecitas oscuras y que nunca saldré en los periódicos pero que no me moriré en la cama *all my troubles seem so far away*, hijita, los Beatles han envejecido y yo con ellos, *yesterday*. Ayer. Ahora prefiero los horarios, tengo manía de mirar el reloj, me aburren dos películas, ansío cambiar de peinado, pienso en la muerte, escribo divertidas postales a la maga.

Hijita: mi corazón es una nave ancha y ajena, surcada de ríos y pájaros cantores. Ya no soy bella ni presumo, no frecuento buhardillas ni me acuesto en camas diferentes ni hago el ridículo ni vivo la vida de los otros, sencillamente estoy aquí, atareada y absorta, en medio del espejo manchado, sin ser una menina ni una barbarella ni una mujer azul, coqueteando con la vida para envejecer con calma y prisa, con bulla y con espanto, celebrar el momento del hallazgo y de la pérdida y sentir que el tiempo es el eco que hizo al mar con la rosa de los vientos.

Fichas de autoras

ALONSO, NANCY (1949). Vive en La Habana. Profesora de Neu-
rofisiología de profesión. Ha publicado el libro de
cuentos *Tirar la primera piedra* (1997). Ha sido antologada
en *Estatuas de sal* y en *Cubana*.

BAHR, AIDA (1958). Vive en Santiago de Cuba. Actual Directora
de la Editorial Oriente. Ha publicado dos libros de
cuentos: *Hay un gato en la ventana* (1984) y *Ellas de noche*
(1989). Ha sido antologada en *Estatuas de sal* y en *Cubana*.

BOBES, MARILYN (1955). Vive en La Habana. Editora y periodista. Obtuvo el Premio Casa de las Américas de narrativa
con el libro *Alguien tiene que llorar* (1995). También es autora de varios libros de poemas de *Estatuas de sal* y antologada en *Cubana*.

BOUDET, ROSA ILEANA (1947). Vive en La Habana. Especialista en
teatro cubano, dirige la revista *Conjunto*. Ha publicado
Alánimo alánimo (1997) y *Este único reino* (1988), entre otros
textos de testimonio y ensayo. Ha sido antologada en
Estatuas de sal y en *Cubana*.

DÍAZ LLANILLO, ESTHER (1934). Vive en La Habana. Bibliotecaria
de la Universidad de La Habana. En 1966 publicó su

único libro hasta ahora: El *castigo*. Ha sido antologada en *Estatuas de sal* y en *Cubana*.

FERNÁNDEZ DE JUAN, ADELAIDA (1961). Vive en La Habana. Médico de profesión. En 1994 publicó *Dolly y otros cuentos africanos*. En 1999 obtuvo el Premio de Cuento Luis Felipe Rodríguez de la Unión de Escritores con el texto *Oh vida*. Ha sido antologada en *Estatuas de sal* y en *Cubana*.

LLANA, MARÍA ELENA (1936). Vive en La Habana. Periodista de profesión. Ha ganado el Premio de la Crítica con su libro de cuentos *Casas del Vedado* (1983). También ha publicado *La reja* (1965) y ha sido antologada en *Estatuas de sal* y en *Cubana*.

RIVERA-VALDÉS, SONIA (1937). Vive en New York. Profesora universitaria. En 1997 obtuvo el Premio Casa de las Américas con su libro de cuentos *Las historias prohibidas de Marta Veneranda*, publicado en 1999 en Txalaparta. Ha sido antologada en *Estatuas de sal* y en *Cubana*.

YÁÑEZ, MIRTA (1947). Vive en La Habana. Entre otros textos de narrativa, poesía y ensayo, ha publicado el libro de cuentos *El diablo son las cosas* (1988). Ha obtenido dos veces el Premio de la Crítica. Autora de *Cubana* y coautora de *Estatuas de Sal*.

Índice

Otros títulos de esta colección

- *Pasajes de la guerra revolucionaria* / Ernesto Che Guevara.
- *La guerra de guerrillas* / Ernesto Che Guevara.
- *Sacco y Vanzetti. El enemigo extranjero* / Helmut Ortner.
- *Colombia y las FARC-EP. Origen de la lucha guerrillera. Testimonio del Comandante Jaime Guaraca* / Luis Alberto Matta Aldana.
- *¿Cuántas veces en un siglo mueve las alas el colibrí?* / Ricardo E. Rodríguez Sifrés.
- *Ser kurdo, ¿es un delito? Retrato de un pueblo negado* / Jacqueline Sammali.
- *Michael Collins: Día de Ira* / Juan Antonio de Blas.
- *La historia me absolverá* / Fidel Castro.
- *Contra España* / José Martí.
- *La bicicleta de Leonardo* / Paco Ignacio Taibo II.
- *La montaña es algo más que una inmensa estepa verde* / Omar Cabezas.
- *Fin del capitalismo global. El Nuevo Proyecto Histórico* / Heinz Dieterich y otros.
- *Los condenados de la tierra* / Frantz Fanon.
- *La muerte sin dolor. Suicidio y eutanasia* / Maurice Verzele.
- *Escribiendo historias* / James Petras.
- *Pájaros de altura* / Fernando Arias.
- *Manuel Marulanda, Tirofijo. Colombia: 40 años de lucha guerrillera* Arturo Alape.
- *Canción triste de un mudo* / Pramoedya Ananta Toer.
- *Mañana será demasiado tarde* / Fidel Castro.
- *Severino Di Giovanni. El idealista de la violencia* / Osvaldo Bayer.
- *Habaneras* / Mirta Yáñez.

Aurkeztu dizugun libu-
ruaren edukia, itxura
edo inprimaketari bu-
ruzko iritzirik izateko-
tan, bidal iezaguzu; zi-
nez eskertuko dizugu.

*La Editorial le quedará muy
reconocida si usted le comu-
nica su opinión acerca del libro que le ofrecemos, así como sobre su presentación e
impresión. Le agradecemos
también cualquier otra sugerencia.*

EDITORIAL TXALAPARTA S.L.
Navaz y Vides kalea 1-2
78. Postakutxa
31300 TAFALLA
Nafarroa
Tfnoa.: 948 703934
Faxa: 948 704072
txalaparta@txalaparta.com
http://www.txalaparta.com

Este libro,
Habaneras,
se terminó de imprimir en octubre de 2000,
en los talleres de Gráficas Lizarra
sobre papel ahuesado de 90 g/m^2,
utilizándose para su composición
la versión para fotomecánica del tipo Novarese
creado por Aldo Novarese en 1980.